一笑

古龍 著

國際學術研討會

古龍武俠小說 領先時代半世紀

【記者賴素鈴／報導】江湖代有才人出，這廂古龍凋零二十載，那廂今朝懸賞百萬獎新秀，浪淘不盡，唯有武俠熱愛，不隨時間變易，在學術研討會上更見分明。以「一代鬼才：古龍與武俠小說」爲主題，淡江大學第九屆文學與美學國際學術研討會昨起在國家圖書館，展開爲期兩天的議程，紀念武俠小說家古龍逝世二十周年，新生代學者與古龍故舊齊聚一堂，以文論劍話武俠。

日前與淡大中文系教授林保淳共同發表《台灣武俠小說發展史》，武俠小說評論家葉洪生昨天在專題演講中，直批胡適1959年底發表「武俠小說下流論」是「胡說」，學界泰斗的不當發言以及隨即展開的「暴雨專案」，反而促成1960年起台灣武俠新秀的繁興，「武俠小說迷人的地方，恰恰在門道之上。」，葉洪生認定，武俠小說審美四原則在文筆、意構、雜學、原創性，他強調：「武俠小說，是一種『上流美』。」

集多年心血完成《台灣武俠小說發展史》，葉洪生認爲他已爲從十歲起迷上武俠小說的半世紀畫上完美句點，並且宣布他「以後決心退出武俠論壇，封劍退隱江湖」。

雖然葉洪生回顧武俠小說名家此起彼落，套太史公名言「固一世之雄也，而今安在哉？」，認爲這是值得深思的嚴肅課題，昨天意外現身研討會而備受矚目的溫世禮，則爲了紀念同是武俠迷的哥哥溫世仁，推出第一屆「溫世仁武俠小說百萬大賞」，即日起至今年10月3日截止收件，經兩階段評選後於明年12月7日公布首獎得主，預料將會是一場武林新秀的龍虎爭霸戰。

看明日誰領風騷？風雲時代出版社發行人陳曉林眼中的古龍，其實領先他的時代半世紀，以致如今雖然古龍逝世20年，陳曉林認爲大家對古龍的了解仍然有限，預言未來世代更能和古龍的後設風格共鳴。

昨天這場研討會，也凸顯武俠小說作爲一項文學研究門類，仍有待開發學習空間。多位與會者都指出，武俠小說的發表、出版方式和管道具考證難度，學術理論與論文格式的建立待加強。而武俠名家的版權之爭、市場競爭力，也增加出版推廣困難，古龍武俠小說的版權糾紛、司馬翎作品的版權官司也成爲研討會的場外話題。

與

武俠小說

第九屆文學與美
一代鬼

古龍兄為人慷慨豪邁、跌蕩自如，變化多端，文如其人，且復多奇氣，惜英年早逝，余與古兄當年交好，且喜讀其書，今既不見其人，又無新作可讀，深自惋惜。

金庸

一九九六.十.十一 香港

陸小鳳傳奇

（六）

劍神一笑

【導讀推薦】

浪子與劍神的江湖傳說

——《劍神一笑》導讀

武俠評論家、國立台灣師範大學中文系教授
林保淳

本書題名為《劍神一笑》，作者開宗明義就表示，由於西門吹雪從來都不笑，似乎有意讓人以為他是「沒有血肉感情的人」，可是，西門吹雪並非如此：

至少，我就知道他曾經笑過一次，在一次非常奇妙的事件一種非常特殊的情況下，他就曾經笑過一次。（〈序〉）

因此，本段故事，主要就是企圖以「奇妙」、「特殊」的情節，「逼」出西門吹雪的「一笑」。

古龍小說中的「奇妙」、「特殊」之處，其實已經表現得相當淋漓盡致了，此處刻意再求表現，自然讓讀者頗有拭目以待的期盼。

西門吹雪是古龍作品中相當特殊的角色，衣白如雪，心冷若冰，古龍喜用「遠山上的冰雪」來形容他孤傲絕俗的豐標；冰雪是西門吹雪的標記，而「遠」則強調出他與世俗的隔絕——無論是行事風格或人生理想，均與世俗大異。因此，他可以奔波千里，爲素不相識的人復仇，也可以爲印證劍道，不惜一切。劍是他的生命，也是他的一切。假如我們將「笑」視爲人在俗世中「因物而喜」的一種表現，則西門吹雪實際上已經達到了「不以物喜，不以己悲」的境界，除了「冷笑」俗世外，西門吹雪已沒有「笑」，也無須「笑」。但是，西門吹雪是古龍武俠小說中的英雄，而所謂的「英雄」，必須將其生命落實在現實社會（**俗世**），如果西門吹雪一輩子只是「遠山上的冰雪」，孤高冷傲固然亦不失爲個人風格的展現，卻未必能讓人敬仰，在虛構的江湖世界中，也缺乏實質的意義。因此，西門吹雪如若「不笑」，就無法顯示出「有血有肉」的英雄形象。

事實上，在陸小鳳故事系列中，知情重義、飛揚跳脫的陸小鳳與孤傲離俗、冰雪冷峻的西門吹雪，是一組對照人物，分別代表了作者古龍內心的兩個世界。古龍一生遊戲風塵，在性格上與陸小鳳頗有神似之處，而其內心的孤獨寂冷，則一如西門吹雪。古龍寫西門吹雪，一方面是欲藉西門吹雪冷嘲現世，一方面又無法擺脫自己對現世的渴盼（**這點，從古龍對「朋友」的矛盾複雜感受可以看出**）。因此，雖強調西門吹雪孤高冷峻的一面，卻又不甘於讓他完全脫離塵俗。於是，西門吹雪不能「不笑」。

要讓這麼樣的一個人「笑」，當然是不太簡單的。其實，古龍已經讓西門吹雪有「笑」的機會了，那就是在「決戰前後」中，藉西門吹雪與孫秀青的結識展現出來的。可是，在此書中，古龍又強調西門吹雪爲了追求「劍道」，棄絕了孫秀青母子——婚姻以及隨婚姻而來的親子關係，在古龍的生命中，彷彿也是一種「痛」。古龍不想讓西門吹雪在婚姻與親情中展現血肉與情感，唯一的途徑，就是藉「朋友」——這個一直在古龍生命中含蘊複雜的關係。

「朋友」主題，在古龍的小說中以不同的形態反覆呈顯，如何擺脫故轍，設計出新的情節，的確煞費思量。在此書中，古龍充分發揮了武俠小說慣用的「易容術」，作爲全書的主脈。

「易容術」在古龍早期的小說「名劍風流」中，曾經大放異采，真正發揮其製造懸疑的功能，也初步開創了古龍情節詭奇的風格。儘管古龍後來強調「易容術的限度」——「天下沒有任何一種易容術能讓一個人改扮成另一個人，而且能瞞過這個人最接近的朋友和親人」，意圖避免過於荒誕不經的毛病；但是，其整體運用原則，還是以變化離奇爲主。古龍晚期的作品，詭異離奇的風格早已確定，運用起來自然更加得心應手。

在陸小鳳故事中，古龍曾寫過犬郎君與司空摘星兩位精擅易容術的奇人，而相較之下，犬郎君的「本事還比不上司空摘星的三分之一」，因此，司空摘星理所當然地成爲書中的關鍵人物——他不但自己易容，而且還爲別人易容，都一樣維妙維肖。就在易容術盡其所能的運用下，西門吹雪的一「笑」，破繭而去！

整個故事的經營，分別爲兩大段落，第一段落的主角是陸小鳳，爲了追查好友柳如鋼的生死下落，陸小鳳來到塞外的黃石鎮（**黃石鎮在古龍筆下充滿了美國西部片的風情，想來古龍是有意為之的**）。柳如鋼爲何不遠千里而來此小鎮？而又爲何死在此地？兇手又會是誰？古龍用慣常的偵探、懸疑筆法鋪陳，處處留下線索，又處處不願明說。直到最後一場金魚缸下的地穴，才約略點出兇手集團——但陸小鳳在眾人出其不意的圍攻下，居然「一命歸西」。

陸小鳳的死，是爲了安排西門吹雪出場。西門吹雪的朋友很少，可以讓他假以辭色的，也僅陸小鳳一人而已；儘管他對陸小鳳表面冰冷，甚至經常要陸小鳳剃掉他「正字商標」的鬍子，才願意拔刀相助，但對陸小鳳也可謂是「有求必應」了。如此一位朋友「死於非命」，西門吹雪豈有不出山的道理？不過，古龍卻如此說道：

如果他不高興不願意，就算有人把陸小鳳當面刺殺在他眼前，他也看不見。

這是古龍故施狡獪，當所有人都認爲無法請動西門吹雪，而老實和尚故作機鋒，說出「沒法子，就是有法子」此時，西門吹雪早已趕往黃石鎮了。因此，故事的第二段落題爲「西門吹雪」，主要就是寫西門吹雪去援救陸小鳳的情形。

要利用情節「逼」西門吹雪「笑」，先得估量西門吹雪應該在整個情節中佔有何種地位。段落名爲「西門吹雪」，西門吹雪自然是「主」；但如果事件完全以西門吹雪爲主線，一則將會掩蓋陸小鳳的光彩，一則西門吹雪身在其中，若「笑」也不太自然（**蓋以他的個性而言，參與事件本身未必能「笑」**），因此，他又必須兼具旁觀者的角色（賓）。古龍寫西門吹雪，正是將他視爲「主中之賓」，利用司空摘星（賓）貫串全局。在此，古龍極度發揮了他佈局離奇的本事。

離奇的佈局，在司空摘星匪夷所思的易容術主導下，著實產生了懸疑與意外的效果。陸小鳳之「死」，是一大懸疑，他的「未死」，不能算是意外，但「死」的是老實和尚，而且居然是「假死」，就大大令讀者意外了。司空摘星假扮成西門吹雪，這是懸疑，因爲讓讀者懸念著

「原因及結果」；但司空摘星不是司空摘星，而是老實和尚，簡直有讓讀者跌破眼鏡的意外。兩個西門吹雪，孰真孰假？小老頭夫妻究竟是誰？都是懸念，也都十足意外。能夠造成這些懸念與意外，當然是司空摘星「裝神像神，扮鬼似鬼」的易容術所致。

除此之外，古龍特殊的「正言若反」筆法，也發揮了相當大的影響力。所謂「正言若反」，簡單而言，就是一種利用表面文字當引線，卻完全悖離文字意涵的語言模式。在這段故事中，古龍特別鍾情於「以假亂真」的手法。

「以假亂真」，從司空摘星的易容術中當然可以窺出端倪，但這屬情節設計，而非語言模式；屬於語言模式的「以假亂真」，見諸於古龍將所有的「情境」都寫成「如－如實」的手法上。所謂「情境」的「如－如實」，就是古龍交相運用錯綜的筆法，綰結完全不同的境。例如說，真實的西門吹雪，自有其自身的情境，作者固然可以深入其內心，刻劃其心中的各種思想、觀念及感受；而一旦是假的西門吹雪，則自有另一種情境。古龍利用斷裂的行文方式，將兩個不同情境結合爲一，讓假的西門吹雪就宛如真的一樣（如－如實）。以〈超級殺手雲峰見〉這章爲例，在雪峰中等待牛肉湯約戰的西門吹雪，分明是司空摘星假扮的，理應有司空摘星自身內心的感受，可是，在此章前面一大段類似「獨白」的文字，卻完全是屬於西門吹雪的，讓人根本不可能去質疑其假；而就在讀者切實相信後，再說破其間關鍵，可以想見到其震撼人心的威力。當然，這種手法不免違背了人物性格的統一性，但是古龍往往利用「分行」加以錯綜區隔，如果運用得當，未嘗不是一種新的嘗試。

「易容術」及「正言若反」的「以假亂真」結合，是本書離奇佈局的關鍵點，也是本書最引人入勝的地點。

不過，嚴格說來，古龍並未處理得當，讀者在驚詫之餘，不免眼花撩亂，而且多處情節並未有合理的說明（如老實和尚幾時冒充陸小鳳、何以原應在棺材中的他，可能神鬼不覺地溜出來，又化身為西門吹雪等）。最後，在「小老頭是陸小鳳，小老太婆是老實和尚，陸小鳳是司空摘星」（武功版作「小老頭是司空摘星，小老太婆是陸小鳳，陸小鳳是老實和尚」，據整體情節看來，應該武功版較符實情。）的突梯滑稽場面中，「從來不笑」的西門吹雪，終於「笑了」——逼出此一笑，真是談何容易！

〔編者陳曉林按：古龍寫作《陸小鳳傳奇》第六部時，與前數部已相距在十年以上，此時古龍因介入影視製作，交友紛繁，且在「吟松閣」風波中手腕受傷，失血甚多，兼以飲酒過多，又亟思在寫作風格上再求自我突破，凡此種種因素，使古龍在本部書中所述有關「牛肉湯」部分，實與《鳳舞九天》中的人物關係設定有所扞格。

由於古龍生前曾囑託本人有機會時，代為修訂其作品中之「硬傷」，故本部《劍神一笑》中之「牛肉湯」，按其原先之設定，本欲改為「沙曼」，因在《鳳舞九天》中，與陸小鳳發生真情的是「沙曼」。

唯因古龍在本冊中又敍述了不少只能適合「牛肉湯」這個女角的軼事，故編者再三斟酌後，決定仍保留此冊中關於「牛肉湯」的情節。

讀者朋友不妨設想為：遊戲人間的陸小鳳在《鳳舞九天》故事結束後，又曾與「牛肉湯」發生一段感情。」

古龍精品集 30

陸小鳳傳奇(六)

劍神一笑

【導讀推薦】浪子與劍神的江湖傳說……003
【劍與劍神】……013
一 刺痛手指的黃土……019
二 一個窮得要死的人……023
三 王大眼的雜貨店……029
四 大戶人家裡的殺手……065
五 棉花七兩 面具一張……077
六 冒牌大盜的亡命窩……093
七 九天仙子下凡塵……103
八 玉珮會不會跑……123

目錄

九 好快的刀……151
十 打破金魚缸……163
十一 巴山夜雨話神劍……173
十二 超級殺手雲峰見……185
十三 大鼓與繡花鞋……195
十四 小姐與大偷……207
十五 角落裡的神秘夫妻……219
十六 司空摘星摘下了一顆什麼星……231
十七 帳篷裡的洗澡水……241
十八 宴無好宴……269
十九 小老太婆的神秘笑容……277
廿 微笑的劍神……293

劍與劍神

劍，是一種武器，也是十八般兵器之一。可是，它和其他任何一種武器都不一樣，我們甚至可以說，它的地位和其他任何一種武器，都有一段很大的距離。

武器最大的功用只不過是殺人攻敵而已。劍卻是一種身分和尊榮的象徵，帝王將相貴族名士們，都常常把劍當作一種華麗的裝飾。

這一點已經可以說明劍在人們心目中的特殊地位。

更特殊的一點是，劍和儒和詩和文字也都有極密切的關係。

李白就是佩劍的。

他是詩仙，也是劍俠。他的劍顯然不如詩，所以他僅以詩傳，而不以劍名。

在中國古代，第一位以劍術留名的人，恰巧也姓李。大李將軍的劍術，不但令和他同一時代的人目眩神迷，嘆為觀止，也令後代的人對他的劍法產生出無窮幻想。

可是真正第一個把「劍」和「神」這兩個字連在一起說的人，卻是草聖張旭。

張旭也是唐時人，在李肇的「國史補」中有一段記載。

旭言：吾始聞公主與擔夫爭路，而得筆法之意；後見公孫氏舞劍器而得其神。

有人說劍器並不是一種劍，而是一種舞。也有人說劍器是一種繫綵帶的短劍，是晉唐時，女子用來作舞器的。可是也有人說它是一種武器。

關於這些，金庸先生和我在書信中討論過，連博學多聞如金庸先生，也不能做一個確切的結論。遠在晉唐間，這一類的事，如今大都已不可考，各家有各家之說，其說誰也不可定。

我們只能說，如果劍器也是劍的一種，那麼，公孫大娘無疑是被人稱作「劍神」的第一人。

這或者也就是「劍神」這兩個字的由來。

劍神與劍仙

能夠被人稱為劍神的人，除了他的劍術已經出神入化之外，還要有一些必要的條件。

那就是他的人格和人品。

因為劍在武器中的地位是獨特而超然的，是不同於凡俗的。所以，一個人如果能被人稱為劍神，那麼他的人品和人格也一定要高出大多數人很多。

能夠達到這種條件的人就當然不會多了，每隔三、五百年，也不過只有三、五人而已。

就算在被別人視為最荒誕不經的武俠小說中，這種人都不太多。在比較嚴謹一點的作品裡，這種人更少之又少。

因為「劍神」是和「劍仙」不同的，在武俠小說中劍仙就比較多得多了。

尤其是在當年「還珠樓主」、「平江不肖生」，甚至在「朱貞木」的武俠小說中，都時常會有很多劍仙出現，都能以氣御劍，御劍殺人於千里之外。

只不過他們都不是劍神。

因為他們都缺少一股氣，一股傲氣。

我總覺得要作為一位劍神，這股傲氣是絕對不可缺少的，就憑著這股傲氣，他們甚至可以把自己的生命視如草芥。

因為他們早已把自己的生命奉獻給他們所熱愛的道。

他們的道就是劍。

他們既不求仙也不求佛，人世間的成敗名利，更不值他們一顧，更不值他們一笑。

他們要的只是他們那一劍揮出時的尊榮與榮耀，在他們來說那一瞬間就已是永恆。

為了達到這一瞬間的巔峰，他們甚至可以不惜犧牲一切。

在武俠小說的世界中，有幾個人夠資格被稱為劍神？

我不敢妄自菲薄，我總認為西門吹雪可以算是其中的一個。

劍神之笑

西門吹雪也是一個有血有肉有淚有笑的人，也有人的各種情感，只不過他從來不把這種情感表達出來而已。

他可以單騎遠赴千里之外，去和一個絕頂的高手，爭生死於瞬息之間，只不過是為了要替一個他素不相識的人去復仇伸冤。

可是如果他認為這件事不值得去做，就算是他在這個世界上唯一的朋友，陸小鳳去求他，他也不去。

他甚至還有一點幽默感。

有一次，他心裡明明願意去替陸小鳳做一件事，可是他偏偏還要陸小鳳先剃掉那兩條不像鬍子卻像眉毛的鬍子。

總而言之，這個人是絕對令人無法揣度，也無法思議的。

這個人的劍平生從未敗過。

要練成這種不敗的劍法，當然要經過別人所無法想像的艱苦鍛鍊。要養成這種孤高的品格，當然也要經過一段別人所無法想像的艱苦歷程。

往事的辛酸血淚困苦艱難，他從未向別人提起過，別人當然也不會知道。

可是每個人都知道一件事，西門吹雪從來不笑。

從來也沒有人看過他的一笑。

一個有血肉有情感的人，怎麼會從來不笑？難道他真的從來沒有笑過？

我不相信。

至少我就知道他曾經笑過一次，在一件非常奇妙的事件中，一種非常特殊的情況下，他就曾經笑過一次。

我一直希望能夠把這次奇妙的事件寫出來，因為我相信無論任何人看到這件事之後，也都會像西門吹雪一樣，忍不住要笑一笑。

能夠讓大家都笑一笑，大概就是我寫作的兩大目的之一了。

賺錢當然是我另外的一大目的。

古龍

七〇、五、二深夜凌晨間，有酒無劍。

一 刺痛手指的黃土

一

一片黃土。晴有日。日將落。

陸小鳳在落日下走上了這一片黃土，晚霞起，土色紅，紅如血。

鮮血也已乾涸凝結如黃土。

陸小鳳，用他天下聞名的兩根手指，撮起了一撮黃土。他這雙也不知道曾經拗斷過多少武林名俠刀劍的手指，竟忽然覺得有些刺痛。

因爲，他知道土中有他朋友的血。

二

陸小鳳和「一劍乘風」柳如鋼最後一次喝酒的時候，已經是在七個月以前了。

柳如鋼在酒已微醉時，忽然又倒了兩大碗酒，一定要陸小鳳跟他乾杯。

他是有理由的。

「今宵酒醉，從此一別，我們很可能要有三五個月不會見面了。」他說：「也很有可能從此不復再見。」

「爲什麼？」陸小鳳急著問。

「因爲我明天一早，就要到一個花不香鳥不語雞不飛狗不跳兔子不拉屎的地方去。」

「去幹什麼？」

柳乘風笑了笑：「你知道我是幹什麼的，你當然也應該知道我要去幹什麼。」

柳乘風是「巴山」的第一嫡傳掌門弟子，他的「七七四十九手迴風舞柳劍」在江湖中的地位，也許不能排名第一，可是也不會在五名之外。

這種劍法是絕對要輕功來配合的。

他的劍法和輕功都同樣受到武林中人的佩服和尊敬。

可是別人最佩服他的，並不是他的武功，而是他的人格。

古往今來，也不知有多少人，用過多少名詞形容過「柳」。有人說柳如絲，有人說柳如雪。不管是如絲如雪，在一般人心目中，柳總是柔的。

我們的這位柳先生，當然也有如絲如雪的一面。

他的思慮密如絲，他的怒氣如雪，在眨眼間就會溶化。

可是他的性格卻烈如鋼。

陸小鳳當然知道，他是個什麼樣的人。

「你要去做的，一定是一件極危險的事，所以才會說這種話。」

柳如鋼不說話，不說話通常就是默認。

陸小鳳問：「你能不能告訴我，你要去做的這一件是什麼事？」

柳先生還是不說。

在這種情況下，不說話的意思，就會變成是他根本不願陸小鳳知道，他要去做的是件什麼樣的事。

那麼這件事無疑是一件極機密的秘密。

陸小鳳無疑可以算是他最好的朋友，如果他在陸小鳳面前都不肯說出來，那麼他也不會在其他任何人面前說出來的。

所以，陸小鳳也不再問。

陸小鳳只問：「你要去的那個連兔子都不拉屎的地方，究竟是什麼地方？」

柳乘風沉默了很久才說：「那個地方我說出來你也不會知道，不過我還是可以告訴你。」他說：「那是個遠在西北邊陲的小鎮，鎮名叫作黃石，黃金的黃，石頭的石。」

三

從此一別後，柳乘風就人影不見，七、八個月來一直不見人影。

沒有人知道他到什麼地方去了，只有陸小鳳知道，因爲他一直把陸小鳳當作他可以共秘密、共患難的朋友。

可是陸小鳳也不知道，他在那個小鎮上出了什麼事？爲什麼會忽然失蹤？

陸小鳳是個夠義氣的朋友，也是個喜歡管閒事的人，遇到了這種事，你說他會怎麼辦？

他當然也要追到那個小鎮去。

二　一個窮得要死的人

一

高原、黃土、風沙。

黃石鎮就在這一片風沙中，一片高原上。高原上滾滾的黃土，遠遠的看過去就好像一捲捲金沙。

在這個小鎮上，一直流傳著一種傳說。

——在這裡附近的某一個地方，埋藏著一宗巨大的寶藏。這個寶藏裡什麼都沒有，只有黃金，數量連估計都無法估計的黃金。

遺憾的是，沒有人能找到，也沒有人能看到這些黃金，只看見了永遠在風中滾滾流動不息的黃沙。

黃金是每個人的夢想，無邊無際的黃沙卻宛如噩夢。黃金的夢滅了，尋金的人走了。來去之間，小鎮漸漸沉沒，至今已荒涼，已經很少再有陌生的行旅來到。

小鎮上的住戶，已經只剩下一些沒有別的地方可去的人家，已經準備老死在此間。他們看見了一位陌生的遠來客，總是覺得好高興好興奮。

陸小鳳來到這裡的時候，他們對他的態度就是這樣子的。

二

但陸小鳳走入這個小鎮時，並沒有看到這種熱情和興奮。他第一眼看見的，只不過是一條貧窮的街道和一個窮得要死的人。

其實這個人還不能算是一個人，只不過是一個半大不小的孩子。穿一身已經不能算衣服的破衣服，用一種懶得要命的姿勢，坐在街角的一家屋簷下。

其實他也不能算是坐在那裡，他是縮在那裡。像是一條小毛蟲一樣縮在那裡，又好像一個小烏龜縮在殼子裡一樣。他沒有錢，沒有親人，沒有朋友也沒有前途。他什麼都沒有。

他怕。

什麼他都怕，所以他只有縮著。縮成一團，縮在自己的殼子裡，來躲避他最怕的貧窮、飢餓、輕蔑和打擊。

因爲他是個孩子，所以他不知道他所害怕的這些事，無論縮在一個什麼樣的殼子裡，都躲避不了的。

可是他看到陸小鳳的時候，他眼睛忽然亮了，他這雙發亮的眼睛，居然是一雙很可愛的大眼睛。

這雙眼睛看到陸小鳳的時候，簡直就好像一條餓狗看見一堆狗屎，一個王八看見一顆綠豆一樣。

幸好陸小鳳既不是綠豆，也不是狗屎。陸小鳳走到他面前來，只不過想問他一件事而已。

一個人來到一個陌生的地方，而且打算在這個地方逗留一段日子，他第一件想問的事情，當然是想問這個地方的客棧在哪裡?先解決他最基本的食宿問題。

「客棧？」這個小孩笑得連鼻子都皺了起來：「你要問客棧在哪裡?這裡窮得連兔子都不會來拉屎，窮得連蒼蠅和老鼠都快要餓死了，怎麼會有客棧？」

「這裡連一家客棧都沒有？」

「連半家都沒有。」

「那麼，從這裡路過的人，晚上要投宿的時候要怎麼辦？」

「不怎麼辦。」小叫化說：「因爲根本就沒有人願意從這裡路過。就算多走幾十里路，也沒有人願意從這條路上走。」

陸小鳳盯著這個看起來又骯髒又討厭又懶又多嘴的小叫化看了半天，忍不住問：「這個地方真的這麼窮？」

小叫化嘆了口氣：「不但窮，而且簡直要把人都窮死。不但我要窮死了，別的人就算還沒有窮死，最少也已經窮得半死不活。」

「可是你好像還沒有死。」陸小鳳說。

「那只不過我還有一點本事可以活下去。」

「什麼本事？」

「我是個小叫化，是個小要飯的。像我這種人雖然窮，可是無論在什麼地方都可以活下去的。」

陸小鳳笑了。

「我記得你剛剛好像說過這地方的人自己都好像窮得快要死了，哪裡還有什麼閒錢剩飯可以接濟你？」

小叫化也笑了。

「大少爺，看起來你真的是位大少爺。小叫化的事，你當然不會懂的。」

「哦？」

「像我這麼樣一個小叫化，在這麼樣一個窮得幾乎快要被別人殺掉煮成人肉湯的地方，我居然還能夠活下去，我當然還另有副業。」

「副業？」陸小鳳問：「什麼副業？」

「要講起這一類的事，可就是件很大的學問了。」小叫化忽然挺起了胸坐起來：「在這一方面，我可真的可以算是個專家。」

陸小鳳對這個小叫化，好像愈來愈感興趣了。

小叫化又說：「老實告訴你，我的副業還不止一種哩。只可惜在我七、八十種副業中，真正能夠賺錢的只有兩種。」

「哪兩種？」

「第一種，最賺錢的就是碰上你們這種從外地來的冤大頭。」他指著陸小鳳說：「像你們這種冤大頭的錢不賺也白不賺，賺了也是白賺。」

陸小鳳苦笑：「你說的真他媽的對極了，我現在簡直好像漸漸有一點快要佩服你了。」

他又問這個小叫化：「可是如果沒有我這樣的冤大頭來的時候，你怎麼辦呢？」

「那只有靠我第二種副業了。」小叫化說：「我第二種副業就是偷，有機會就偷。見錢就偷，六親不認，能偷多少就偷多少，偷光爲止。」

這就是這個小叫化生存的原則。

可是陸小鳳對他並沒有一點輕視的意思，也沒有想要把一個大巴掌摑到他的臉上去，反而心裡覺得有一種深沉的悲哀。

——這個世界上豈非有很多很有面子的人，生存的原則和這個不要臉的小叫化一樣。

三

這個小鎭實在很貧窮，陸小鳳走遍天涯，還從沒有看到過比這裡更貧窮荒瘠的地方。

他實在不能了解一個像柳乘風那樣的人，爲什麼會到這種地方來？

他更不能了解，一個像這樣的地方，會發生什麼值得讓柳乘風不遠千里而來的事，而且是一件能夠讓柳乘風覺得有生死危險的事。

一個無名的小鎭，一位負天下盛名的劍俠，本來根本不可能連在一起的。

奇怪的是，他們之間，卻偏偏好像有一種神秘而詭異的關係。

更奇怪的是，柳乘風居然真的就好像從這個世界上消失了。

所以陸小鳳決心要查出這個小鎭和他這個好朋友之間的關係來。

只可惜，至今爲止，他只看見了這麼樣一個又可悲又可憐，卻好像有一點可愛的小叫化。

陸小鳳走過很多地方，走遍了天涯海角，走過大大小小、各式各樣不同的城市鄉村鎮墟。

無論什麼地方，都至少有一家雜貨店。就算沒有客棧沒有妓院沒有綢緞莊沒有點心舖沒有騾馬行沒有糧食號，可是最少總有一家雜貨店。

因爲雜貨店總是供應人們最基本需要的所在。

陸小鳳這一生中，也不知道看過多少奇奇怪怪的雜貨店了。有些雜貨店甚至可以供應人們一些最特別的要求。

可是陸小鳳從來也沒有見過像這家雜貨店，這麼奇怪的一家雜貨店。

這家雜貨店當然就在這個小鎮上，這家雜貨店的名字居然叫作「大眼」。當然就是那個像小烏龜一樣的小叫化帶他來的。

一塊已經被風沙油煙燻染得好像已經變成了一塊墓碑一樣的木頭上，只刻著一隻大眼睛，就是這家雜貨店的招牌。

「大眼，大眼雜貨店。」陸小鳳搖頭：「這家店的字號真奇怪。」

「一點都不奇怪。」小叫化說：「店主的名字叫王大眼，店名當然也就順理成章的叫大眼。」

陸小鳳聽到這句話的時候，根本不能明瞭這句話的意思。

事實上，沒有見到過王大眼的人，誰也不能夠完全明瞭這句話的意思。

因爲像王大眼這樣的人，是很少有人能見到的。

三 王大眼的雜貨店

一

每當黃昏前後，王大眼雜貨店裡的人總是很多，因爲這裡不但賣各式各樣的日常用品、南北雜貨，也賣滷菜，賣點酒。在外面用草蓆搭成的一個涼棚下，還擺著三張方木桌，七、八條長板凳。大家坐下來，左手拿著半個鴨頭、一塊豆腐乾，右手端著大半碗老酒，天南地北、胡說八道的這麼樣一聊，本來不好過的日子，也就這麼樣糊裡糊塗開開心心的過去了。

這大概就是這個小鎮上唯一的娛樂了。

王大眼總是像一個最慇懃客氣的主人一樣，總是嘻嘻哈哈的周旋在這些人之間。

他們不但是他的老主顧，也已經成了他的老朋友。

可是第一眼看到他的人，不被他嚇一跳的人，大概還不多。

王大眼又高又大又粗又肥，而且是個駝子。他左邊的那隻眼睛，看起來和平常人也沒有什麼太大的不同，可是他右邊的那隻眼睛，卻像是一個突出在眼眶外的雞蛋。

後來有人問陸小鳳：「你第一眼看到他的時候，有什麼感覺？」

陸小鳳對他的感覺是：「那時候，我只覺得這個人之醜，真是醜得天下少有，可是等到他跟你說過半個時辰的話之後，你就會忘記他的醜了。」

風騷老婆。」

然後陸小鳳又補充了一句：「所以他才會娶到個讓大多數男人，一看見就會想帶她上床的

雜貨店的後院裡有一間小木屋，本來大概是堆柴的，現在卻擺了一張木板床。上面甚至還鋪起了一張白床單，最少曾經在某一段日子前是一張真的用白布做的白床單。

就在這張床的床頭，還貼了一張紅紙。上面寫著：

「住宿：單人每夜五十錢。

每月一吊。

雙人每夜八十錢。

每月一吊半。

膳食：每人每日三頓，六十五錢。

不吃也算。」

一直不停的扭動著腰肢的老闆娘，把陸小鳳帶到這裡來，瞇著眼睛看著陸小鳳直笑。

「公子爺，我剛才好像聽我們家那個老王八蛋說，你姓陸。」

「對，我姓陸。」

「陸公子，那個要飯的小王八蛋把你帶到我們這裡來，還真是帶對地方了。」

陸小鳳忽然笑了，看著床頭木板牆上的那一張價目笑了。

「可是我還真以為我來錯了地方，看你們這裡的價錢，我還以為到了黑店。」

「陸公子，那你就真的錯了，這裡不但管吃管住，而且什麼事都可以把你伺候得好好的，這種價錢也算貴嗎？」

陸小鳳看著那張隨時好像都可以垮下來的木板床上，那張又黃又灰又黑，簡直已經分不出是什麼顏色的床單苦笑。

「不管怎麼樣，睡在這麼樣一張床上，就算要我每天晚上付五十錢，我都覺得有點像是個冤大頭。」

老闆娘有意無意間，用一根出乎意料之外那麼漂亮的纖纖手指，指著紅紙上的「雙人」兩個字，一雙媚眼已笑如絲：「如果說，我要你付八十錢呢？」

陸小鳳看看她的眼，看看她的手，看看她的腰，忽然輕輕的嘆了一口氣：「在那種情況下，就算花八百錢也是值得的。」陸小鳳說：「只可惜……」

「只可惜什麼？」老闆娘追問。

陸小鳳不回答也不開口，老闆娘盯著他，一雙如絲的媚眼，忽然像杏子一樣的瞪起來了。

「陸公子，有句話我實在不該問你的，可是心裡又實在忍不住想問。」

「那麼你就問吧！」

「像我們這裡這麼樣一個破地方，你這樣的人物怎麼會到這裡來？」

「那麼通常是什麼樣的人物才會到這裡來？」陸小鳳問。

「通常只有兩種人。」老闆娘說：「一種是財迷，總認為這地方附近，真的有一宗很鉅大的寶藏。想到這裡來發一筆大財，這種人是我們最歡迎的。因爲他們的大財雖然發不到，卻總是會讓我們發一筆小財。」

她嘆了一口氣：「只可惜，近年來這種人已經愈來愈少了。」

陸小鳳又問：「那麼第二種人呢？」

老闆娘盯著他：「第二種人，就是已經被人家追得沒地方可去的人。被官府追緝，被仇家追殺，追得已經沒有路可走了，只好到這裡來避一避風頭。」

陸小鳳也在盯著她：「你看我像是哪種人？」

老闆娘又嘆了口氣：「我看你呀，兩種人你都不像，可是再仔細看看，兩種人你又都像。」

陸小鳳又把她從頭到腳，從腳到頭，上上下下看了一遍，一面看，一面搖頭，並且還一面在摸著他那兩撇像眉毛一樣的鬍子。

「老闆娘，我知道你是很了解男人的，可是這一次你實在把我看錯了。」

「哦？」

「不管我是你說的那兩種人的其中任何一種，只要我真的是其中的一種，那麼現在我就會變成第三種了。」

「第三種？」老闆娘問：「你說的這第三種人，是種什麼樣的人？」

「這第三種人當然也是種罪犯。」

「他們犯的通常是什麼罪？」老闆娘問。

陸小鳳故意不去看她身上臉上的任何其他地方，故意只盯著她兩條腿看。

「你猜呢？」陸小鳳故意瞇起眼睛來問。「你猜他們犯的都是什麼罪？」

老闆娘的臉居然好像有一點要紅起來的樣子，甚至還好像有點情不自禁的夾緊了她一雙又長又粗又結實又勻稱的兩條腿。

「這種人我不喜歡。」她的眼又媚如絲：「我相信你絕不會是這種人。」

大多數男人都知道，有很多女人說出來的話，都和她本來的心意相反。她們說不喜歡的時候，也許就是喜歡，而且喜歡得很。

陸小鳳當然不是不了解女人的男人，如果說他不明白一個女人對他表達的意思，他的朋友死也不會相信。

可是現在他卻偏偏好像一點都不明白的樣子，而且神色忽然變得很嚴肅起來。

「這種人我也不喜歡，我當然絕不會是這種人。」

「哦？」

「我到這裡來，只不過是來找一個朋友。」陸小鳳說，「一個財迷朋友。」

「你也有財迷朋友？」老闆娘問。

「每個人都想發財，我當然也有財迷朋友，誰不想發財？」陸小鳳說：「我有一個朋友，也聽說過你們這裡附近有關寶藏的傳說，要我資助他五百兩銀子的旅費，想不到他一來之後，就人影不見。」

「你是來找他的？」

「我不但要來找他，也要找回那五百兩銀子。」陸小鳳又在看老闆娘的腿：「五百兩銀子就算睡這樣的雙人床，也可以睡好幾百天了。」

老闆娘忽然轉過頭，頭也不回的走了出去。好像連看都懶得再看陸小鳳一眼。

陸小鳳正想追出去的時候，忽然發現門口有一隻大眼睛在看著他。

二

如果不看王大眼的人，只看他對人的禮貌和對人說話的聲音，無論誰都會覺得他是一個和氣生財的君子。

「陸公子，我知道你要來找的是誰了。」王大眼說：「你要來找的那位朋友，是不是一位姓柳的，柳大俠？」

「你怎麼知道的？」

「在你還沒有來之前，住在這間屋子裡的，就是這位柳大俠。」

「現在他的人呢？」

王大眼那隻水晶球一樣的大眼中，雖然看不出一點表情，可是另外一隻眼睛裡，卻充滿了悲傷惋惜之意。

「柳大俠實在是條好漢子，又大方，又夠義氣。只可惜你已經來遲了一步。」

「來遲了一步？」陸小鳳勉強沉著氣問：「難道他已經死了？」

「嗯。」

王老闆用一種非常溫和有禮的聲音說：「陸公子，你是個明理的人，你當然應該知道無論誰死了，他的屍體通常總是在棺材裡的。」

陸小鳳沉默了很久：「那麼我這次來，大概是看不到他的人了。」

「大概是的。」

「那麼我可不可以看看他的屍體和棺材？」

「當然可以。」

「他的棺材在哪裡？」

王老闆的聲音更溫和有禮：「棺材好像應該在棺材舖裡。」

三

棺材舖絕對沒有像雜貨店那麼普遍的，想不到這個荒涼的小鎮上，居然也有一家棺材舖。

陸小鳳走進這個小鎮上唯一的一條長街上時，就看見了這家棺材舖。

棺材舖外面那張又舊又破的大藤椅上，還躺著一個死人。

後來陸小鳳才知道這個人非但沒有死，而且就是這家棺材舖的老闆。也許他替死人收屍收的太多了，所以他看起來倒有六、七、八分像個死人的樣子。

他的名字也絕得很。

這家棺材舖就在雜貨店的對面，雜貨店的老闆叫王大眼，他的名字卻叫趙瞎子。

他本來一直像一個死人一樣坐在那裡，他想不到也不敢想會有人來光顧他的生意。這麼樣一個小地方，活人已經不多了，死人當然也不會多，所以看見陸小鳳，他一下子就從椅子上跳了起來。

「這位公子，府上是什麼人死了？想要買一口什麼樣的棺材？」

他的臉上本來也像死人一樣，完全沒有一絲血色、一點表情，卻偏偏想做出一副巴結的笑容來，卻又偏偏裝不出，這使得他的臉看來更神秘而詭異。

陸小鳳只有苦笑。

「我們家最近已經沒有什麼人可死了。」陸小鳳說：「我只不過想來看一個人。」

趙瞎子的臉色沉了下去，人也坐了下去。連聲音都變得冷冷淡淡的。

「那麼你恐怕來錯地方了。」他說：「這裡除了我之外，都是死人。」

「那麼我就沒有找錯地方。」陸小鳳說：「我要來看的就是死人。」

趙瞎子甚至把那雙白多黑少像瞎子一樣的眼睛都閉了起來：「只可惜我們這裡現在連死人都只剩下一個。」

陸小鳳說：「我要看的大概就是他。」

趙瞎子忽然又跳了起來：「你認得柳大爺，你是替他來收屍的？」

陸小鳳點頭：「是。」

趙瞎子長長的吐出了一口氣，就好像剛把一副很重的擔子從肩上卸了下來一樣。

「我帶你去找他。」趙瞎子說：「你跟我來。」

趙瞎子坐在棺材舖外面屋簷下的陰涼處，門裡面的一間屋裡，擺著兩口已經上了油漆的新棺材，還有五、六口連漆都沒有上。

穿過這間屋子，就是一個堆滿了木頭的小院，遍地都是釘彎了的鐵釘，和刨下來的碎木花，一個特別大的鋸子，斜斜的倚在一個很奇怪的大木架子上，這個鋸子看起來就好像是一個巨人用的。

鋸子旁邊還有一口沒有做好的棺材。

陸小鳳的好奇心又動了，忍不住問趙瞎子：「這麼大的一個鋸子，一定要很有力氣的人才能用吧？」

「大概是吧。」

「這個人呢？我怎麼沒有看見他？」

「你已經看見他了。」趙瞎子指著自己的鼻子：「這個人就是我。」

他故意輕描淡寫的說：「這裡賣出的每一口棺材，都是我親手做出來的。」

陸小鳳雖然發現這位棺材鋪的老闆，整天都像死人一樣的坐在那裡，臉色也像死人一樣的難看，但卻是一個很高大的人，雖然有點彎腰駝背，可是站在那裡一比，還是要比普通人高出一個頭，而且全身的肌肉都好像很有彈力，只有一個經常保持勞動的人才會有的彈力。

你第一眼看見他，也許會覺得他像是個死人，可是看得愈久就愈不像了。

後院裡有兩排房子，左面的一排三間，右面的一排兩間。

左面的一排屋，好像是廚房柴房傭人房一類的地方，右面的一排黑黝黝的房子，連窗戶上面貼著的紙都是黑黝黝的。整個兩間屋子都好像籠罩在一種黑黝黝的色調下，就算在白天看起來也會給人一種陰森可怖的感覺。

「這裡就是我們在發葬之前停靈的地方。」趙瞎子打起了一個火摺子：「這裡的人死了，在發葬之前，屍體通常都會寄在這兩間屋子裡，所以我就把這兩間屋子叫做鬼屋。」

「鬼屋？」陸小鳳問：「哪間屋子裡鬧鬼？」

趙瞎子蒼白的臉在火摺子的火光照耀下，看起來已經有點像是鬼了，可是他卻搖著頭說：「棺材舖裡是沒有鬼的，棺材舖是照顧死人的。人死了就是鬼，照顧死人就是照顧鬼。我照顧他們，他們怎麼會到這裡來鬧鬼？」

他說的這句話真是合情合理已至於極點了，陸小鳳想不承認都不行。

可是陸小鳳一走到這兩間屋子前面，就覺得有一種陰森冷颼颼的涼意從背脊上涼了起來，一直涼到腳底。

陸小鳳當然不是一個膽小的人。

他的膽子之大，簡直已經可以用「膽大包天」這四個字來形容了，甚至連他的仇敵都不能不承認，這個世界上已經沒有什麼事是陸小鳳不敢去做的。

可是陸小鳳在趙瞎子的火摺子帶領下，走進這兩間屋子左邊的一間時，他自己居然覺得他的腳底心下面好像已經流出了冷汗。

火摺子發出來的光，比燭光還要黯淡，這間屋子在這種火光的照耀下，看起來簡直就好像是一個墳墓的內部一樣。

他走進這間屋子時的感覺，就好像走進一座墳墓裡一樣。

墳墓裡當然有棺材。

這間屋子裡有一口棺材，棺材擺在一個用暗紫色磚頭砌成的低檯上，檯前還供著一個簡單的靈位，靈牌上只簡簡單單的寫著：「故友柳如鋼。」

看到了這塊靈牌，陸小鳳才死了心。無論誰看到這塊靈牌，都可以確定柳乘風柳如鋼確實已經死了。

奇怪的是，也不知道是因爲這裡這種陰陰森森慘慘淡淡的氣氛，還是因爲陸小鳳心裡某一種奇奇怪怪神神秘秘的感覺，使得他總覺得柳乘風會隨時從棺材裡跳出來，隨時會復活一樣。

「請你把棺材的蓋子打開來。」

「你說什麼？」趙瞎子怪叫：「你要我把棺材打開來啊？你憑什麼要我這樣做？」

「因爲我已經告訴過你，我要看的是一個死人，不是一口棺材。」

四

棺材打開來的時候，陸小鳳就看見了柳乘風。

死人的臉跟活人的臉雖然不同，可是陸小鳳一眼就看出了這個死人的確就是柳乘風，而且也看出了柳乘風臨死前殘留在他臉上的那一抹驚慌與恐懼。

「他是不是你要找的那一位朋友？」趙瞎子問。

陸小鳳沒有說話，因爲他已經找出了柳乘風身上致命的傷。

傷口是在他前胸的心口上，是刀傷。一刀致命，乾淨俐落。

陸小鳳絕對可以肯定的是這一點。

他看到過的死人太多了，對這方面的經驗也太多了。對這種情況沒有人比他更清楚。

如果他不能確定這一點，還有誰能？

可是他臉上卻顯出了一種極稀奇極迷惑的表情，而且一直在搖著頭，嘴裡一直不停在喃喃的說：「這是不可能的，這是絕不可能的。」

他甚至把這句話重複說了好幾遍，趙瞎子無疑是個很有耐性的人，經常面對死人的人沒有耐性怎麼行？

所以一直等到陸小鳳把這句話反覆說了五、六遍之後，他才問：「什麼事不可能？爲什麼不可能？」

陸小鳳沒有回答這句話，反而反問：「你知不知道死在棺材裡的這個人是誰？」

他也不等瞎子回答，就自己回答了這個問題：「他就是一劍乘風柳如鋼，他的輕功和劍法，就算比不上西門吹雪，也差不了多少了。如果說他會被人迎面一刀刺殺斃命，甚至連還手的餘地都沒有，那麼你就算砍下我的頭，我也不會相信。」

可是現在這種情況看起來卻無疑是這樣子的。

棺材裡的屍體已經換上壽衣了，刀口也已經被處理得很乾淨。這條刀口的長度，大概只有一寸三分左右，殺人者所用的刀，無疑是一把很窄的刀，而且是迎面「刺」進去的，如果是用「斬」，刀口就會拖長了。

所以陸小鳳才認爲這是不可能的事，因爲這個世界上還沒有任何一個使刀的人，能夠一刀刺入柳乘風的心臟，除非這個人是柳乘風很熟的朋友，柳乘風根本就完全沒有提防他。

柳乘風在這個小鎮上怎麼會有朋友？

陸小鳳的目光終於從這個刀口上，移到趙瞎子的臉上。

「你知不知道他是死在什麼地方的？」

「我當然知道。」趙瞎子回答：「那是條很陰暗的巷子，他死的時候已經過了三更，那時候巷子裡已經連一點燈光都看不見了。」

「第一個發現他屍體的人是誰？」

「就是你跟他說過話的那個小叫化。」

「他的屍體是在什麼地方被發現的？」

「那時候天還沒有完全亮。」

「天還沒有亮，那個小叫化怎麼會到那條巷子裡去？去幹什麼？」

「那我就不太清楚了。」

「屍體是誰運到這裡來的？」

「是我自己抱來的。」趙瞎子說：「柳大俠是個好人，出手又大方，而且一直都把我當作他的朋友。」

他又補充著說：「柳大俠到這裡來了雖然並沒有多久，卻已經交了不少好朋友。」

——只有很熟的朋友，才能在他絕對料想不到的情況之下，將他迎面一刀刺殺。

——這個好朋友是誰呢？

陸小鳳在心裡嘆息著，又問趙瞎子：「你把他抱來的時候，刺殺他的兇刀是不是還在他的心口上？」

「你怎麼知道的？」趙瞎子顯得很驚訝：「你怎麼知道那把刀還在他的身上？」

「刀傷是在第六根和第七根肋骨之間，這兩根肋骨距離很近，一刀刺入，刀鋒就很難拔出來。」陸小鳳說：「兇手在柳乘風一時大意間刺殺了他，心裡一定又興奮又慌亂，而且也不能確定這位負當時盛名的劍客是不是已經真的死在他的刀下，倉猝間拔刀，第一次如果拔不出來，第二次再拔不出來，就不會再試第三次了。」

陸小鳳用一種非常冷靜的聲音說：「這麼樣一把刀，一定要像你這麼樣一個棺材鋪的老闆，在很從容的情況下才能拔得出來的。」

趙瞎子嘆了口氣：「直到現在我還不知道你究竟是誰？可是我已經知道，你一定是個很了不起的人。」

「事情是不是這樣子的？」

「是的。」

「是不是你把刀拔出來的？」

「是我。」趙瞎子說：「是我親手拔出來的。」

「刀呢？」

「刀？」趙瞎子好像忽然之間就把剛剛說的那些話全都忘記掉了：「什麼刀？」

陸小鳳笑了。

他當然很了解趙瞎子這種人，更懂得要用什麼方法來對付這種人。

對付這種人只要一個字就夠了。

——錢。

一錠銀子塞進趙瞎子的手裡之後，陸小鳳再問他眨眼前剛剛才問過的那個問題，趙瞎子的回答就已經和剛才完全不同了。

「刀呢？」

「刀當然已經被我藏起來了。」

「藏在什麼地方？」

趙瞎子一張本來好像已經僵硬了的白臉上，終於露出了一絲比較像是笑的表情：「我要藏一樣東西，當然是藏在別人找不到的地方。」

棺材下面這個用暗紫色磚頭砌成的，像是祭台一樣的低台，居然還有幾塊磚頭是活動的。把這幾塊活動的磚頭抽出來，裡面就是一個天生的秘密藏物處了。別人既不知道這個磚台下有可以活動的磚頭，也不知道是哪幾塊磚頭，要把藏在裡面的東西找出來，當然非常困難。

趙瞎子的手已經伸進台下的暗洞裡去了，當他的手縮回來的時候，無疑手上已經多了一把刀。陸小鳳實在很想看看這一把能夠將柳乘風迎面刺殺的刀，是把什麼樣的刀？

可是趙瞎子的手卻一直沒有收回來，就好像洞裡有一條毒蛇忽然咬住了他的手。

他本來已經蒼白得完全沒有血色的臉，現在簡直好像已經變成慘碧色。

陸小鳳看看他，瞳孔漸漸收縮。

「刀呢？」

這一次趙瞎子的回答居然又變得和第一次的回答完全一樣了。

「刀？什麼刀？」

陸小鳳實在很想一巴掌打過去，再重重的踢上一腳。

但他卻想不到趙瞎子已經跪了下來，哀呼著道：「我發誓，我本來真的是把刀藏在這裡面的，可是現在裡面已經變成空的了，刀已經不見了。」

看到他這種樣子，陸小鳳的巴掌也打不下去，腳也踢不出去了。只有沉住氣問：「你想想，除了你自己之外，還有誰知道你那柄刀藏在這裡面？」

趙瞎子的頭本來已經碰在地上，聽到了這句話忽然間抬了起來，一雙瞎眼也好像有了光。

「我想起來了，有一個人是知道這件事的，只有他一個人不但知道，而且還親眼看到。」

陸小鳳一把將他從地上提了起來，厲聲問：「這個人是誰？」

趙瞎子喘著氣說：「他姓……」

趙瞎子沒有把這句話說完，他說的第三個字是個開口音，可是他雖然張開了口，卻沒有聲音發出來。

因爲他的口剛張開，外面就有二、三十道光芒打了進來。

在這一瞬間，以陸小鳳的估計，這些寒光最少有二十三道，有三種顏色：一種青、一種紫、一種燦爛如銀。

這一次他錯了，因爲其中還有一種暗器的光芒已經接近透明。透明的就是看不見。

從這間屋子三個窗戶外打進來的暗器，也不止二十三種，而是二十四種。

——因爲其中一種是透明的。

這二十四種暗器，要打的並不是陸小鳳，而是趙瞎子。

幸好它們都沒有打中，甚至連那件看不見的暗器都沒有打中。

因爲趙瞎子已經撞破了屋頂，飛出去了。

他自己當然不會飛出去。

他伏在地下，陸小鳳將他一把提起，還提著他的衣襟時，暗器就已射入，在這間不容髮的一刹那間陸小鳳已經把他用力摔出，把屋頂撞出了一個大洞，從洞中飛了出去。

然後陸小鳳已從寒光中穿出了窗戶。

在這一瞬間，他身法的變化和速度，幾乎已超過了人類體能的極限，也超過了他自己體能的極限。

一個人之所以能夠成功，就因爲他往往能夠憑著一股超人的意志力和求生力，超越他自己體能的極限。

一個在別人眼中認爲隨時隨地都會死的人，之所以能夠不死，道理也是一樣的。

五

陸小鳳竄到院子裡的時候，趙瞎子也剛從屋頂上紛飛的瓦片中冒出了。

一堆木料後，又有一蓬寒光暴射而出，打的還是趙瞎子。

這個人無疑一定要殺趙瞎子滅口。

陸小鳳在空中，已順手抄起一塊木板。以左腳尖點右腳面，身子再次藉力彈起，手裡的木板也迎著那一蓬寒光拍了出去。一連串輕響過後，暗器已釘入木板中。趙瞎子的人已落在屋頂上，又從原來那個洞裡跌了下去。

只聽見那堆木料後有人在低喝：「好一個陸小鳳，好輕功。」

「你是誰？」

陸小鳳喝問著，正想往那堆木料後撲過去，想不到對面屋頂上已經有一道刀光，青虹般掠起，凌空一轉折，就激箭般向他刺了過來。

這一刀又快又險，一刀就要想把他刺殺於地下，所以這一刀完全沒有再留餘地。

陸小鳳並沒有退縮閃避，反而迎著刀光飛身撲上去。

刺客顯然吃了一驚，刀光一抖，想在半空中反削陸小鳳的咽喉，可是力量已經不夠了。

陸小鳳忽然伸出食、中二指，一下子就捏住了刀鋒，用力往前面一送，一股真力由刀鋒傳至刀柄，刺客的虎口立刻被震裂。握刀的手剛鬆開，刀柄已撞在他的胸口上，「喀」的一聲，他的肋骨已經被撞斷了兩根。

這一著正是陸小鳳威震江湖、天下無雙的絕技。所有的變化只不過是一剎那間的事。

除了陸小鳳之外，天下再也沒有第二個人能在這間不容髮的一瞬間捏住刀鋒。

這個刺客從半空中跌倒在地上的時候，喉嚨裡不由自主發出了彷彿野獸垂死時的嘆息。

他的刀已經到了陸小鳳手裡，刀鋒已經到了他的咽喉要害上。

其實他的刀法和輕功無疑也是第一流的，所以陸小鳳也說：「想不到這地方也有你這樣的高手。」

陸小鳳問這個穿一身黑色緊身夜行衣，以黑巾蒙面的刺客：「你是誰？是誰要你來的？你們為什麼要滅口殺趙瞎子？」

這個人吃驚的看著陸小鳳，驚惶的眼神中，瞳孔已收縮。

陸小鳳忽然發現他的瞳孔裡彷彿有人影一閃和劍光一閃。

他沒有看錯。

他的反應也夠快，所以他才沒有死在這一劍下。因為他已經擰身揮刀。

他的反應雖然這麼快，他的衣襟還是已經被寒氣森森的劍氣所劃破。

劍光閃動中，他看見了一個滿頭白髮蒼蒼的紫衣老嫗，卻沒有看清她的臉。

因為在這一剎那間發生的事，根本不容許他觀察思索。

一劍刺下，陸小鳳反身揮刀，被撞斷肋骨的刺客已就地滾了出去。老嫗的劍光再一閃，陸小鳳再退，退到那堆木料前，本來似乎已經想好了反擊的方法，最少也已經留下了退路。

可是他既沒有反擊，也沒有再閃退。

他的臉色竟忽然變了，因為他忽然發現這個老嫗手裡用的劍，赫然竟是柳乘風的劍。

這時候，這柄劍的劍鋒幾乎已經刺入了他的心臟。

現在陸小鳳的情況，實在已經退到了無可再退的絕路。心臟也無疑是人身上致命的要害，奇怪的是陸小鳳後來居然對別人說：「幸好他那一劍刺的是我的心臟，否則我就死定了。」

爲什麼呢？

因爲在那一瞬間，他的右手就在他的心臟附近，所以那時劍鋒雖然已經穿透了他胸口前的衣裳，再往前刺半分，陸小鳳就完了。

可惜就這一瞬間，這柄劍竟連半分都沒有法子再往前刺了，因爲這柄劍的劍尖，忽然間一下子就被陸小鳳的兩根手指捏住。

後來也有人問過他：「我們都知道你的那兩根手指，就好像有神鬼的符咒附著一樣，甚至好像已經和你的心意可以完全相通，只要你的心一動，對方的劍就會被你夾住，因爲無論多麼快的劍，也不會有你的心動得那麼快。」

這一點江湖中沒有人能夠否認。

「可是那個時候你的手爲什麼剛好就在你的心臟附近呢？你是不是已經算準了對方的那一劍一定會刺向你的心臟？」

陸小鳳只是笑笑，不回答。

這種事根本無法回答。

在生死存亡間的那一剎那，有很多事都是無法解釋的。也許那是他經驗和智慧的結晶，也許那是一瞬間的靈感，也許那只不過是運氣而已。

劍客的劍被人揑住，簡直就好像他的手腳已經被人綁住了一樣。對他心理的打擊甚至還更嚴重。

可是這個紫衣老嫗，無疑是第一流劍客中的超級高手。

她不但劍法快，反應更快，不但反應快，判斷更正確。所以陸小鳳一揑住她的劍，她就立刻把劍鬆手，她的人也立刻用一種非常驚人的速度掠了出去。

她當然是向上掠起的，她掠起的角度非常傾斜，爲了避免對方的後手，這種角度無疑是最安全的一種。

可是她還不放心，她無疑是一個非常謹慎、非常愛惜自己生命的人。

所以她掠起之後，還凌空翻了一個身，改變了另外一個更安全的角度。

她穿的是一件緊身的百褶長裙，就像是一道重重的簾幕一樣。穿著這樣一條長裙，裙裡已經不必要穿長褲了。

可是在她凌空翻飛時，她的長腿也翻飛而起，就像是一重重波浪一樣翻飛而起。

陸小鳳一抬頭，就看到了她的腿。

那絕不是一雙老嫗的腿。

陸小鳳看見的這一雙腿，雪白修長結實，和她那滿頭白髮、滿佈皺紋的臉，絕對不像是屬於同一個人的。

陸小鳳是個眼力非常好的人，對女人的腳也特別有興趣、有研究。

他甚至可以看見這雙腿上肌肉的躍動。

係。

這麼結實、這麼長、這麼美的腿，甚至連陸小鳳都很少有機會能夠看到。

這個紫衣老嫗手裡用的劍是柳乘風的劍，她那個同伴是一個很快的快刀手。

陸小鳳就算是個完全沒有思想的人，也可以想得到他們和柳乘風的死一定有很密切的關係。

這兩個人無疑一直都留在這個小鎮上，現在雖然全都來了，卻還是可以查得出來的。

要怎麼樣才能查得出來呢？

刀客的臉是被黑巾蒙住的，老嫗的臉無疑經過易容改扮。

現在陸小鳳唯一真正看到的，只不過是那一雙腿。

那當然絕不是一個白髮蒼蒼的老太婆的腿，如果能找出這雙腿的主人是誰？那麼也就可以找出刺殺柳乘風的兇手是誰了。

這就是陸小鳳唯一的一條線索，也是他唯一能做的一件工作。

他能怎麼做呢？

難道他能把這個鎮上每個女人的裙子都掀起來，看一看她們的腿？

老實說，陸小鳳也並不是不想這麼樣做，只可惜他實在做不出來。

他只好再去找趙瞎子。

趙瞎子卻死也不肯再說一個字了，他已經被嚇得連褲襠都濕透了。

北京城絕不是一天造成的，要偵破這麼樣一件神秘離奇複雜的兇殺案，當然也不是一天、兩天的事。

所以陸小鳳只好暫時回去睡覺。

想不到他一回到他那間破爛的小屋裡，就看見有一條腿，從他的床底下伸了出來。一條又髒又黑的細腿，腿上全是污泥，根據陸小鳳最保守的估計，至少也有七八個月沒有洗過了。可是跟腿下面長著的那隻腳一比，這條腿又顯得乾淨極了。

那隻腳，簡直就好像是用一大堆狗屎堆出來的。

陸小鳳苦笑著搖頭，端張椅子，在床對面坐下。

床底下的人終於慢慢的爬了出來，一鳥窩似的亂髮，蓋著個鳥蛋似的腦袋。

陸小鳳輕輕的咳嗽了一聲：「小叫化。」

小叫化一下子就跳了起來，腦袋幾乎撞上橫樑，看見陸小鳳才鬆了口氣。

「大少爺，這下子你可真把我嚇了一大跳，把我的魂都嚇掉了。」

陸小鳳立刻露出很抱歉的樣子：「我真嚇著了你？」

「當然是真的。」小叫化用手拍著胸口：「我差一點就被你活活嚇死。」

「那倒真是不好意思。」陸小鳳說：「我好像應該向你道個歉，賠個不是。」

「那倒也不必了。」小叫化做出非常寬宏大量的樣子：「你只要在某一方面給我一點小小的補償，我就決定原諒你。」

「一點點補償？」陸小鳳故意問：「什麼樣的補償？」

「譬如說，一點點金子、一點點好酒、一兩個好看的小姑娘。」小叫化瞇著眼說：「你當然也知道，這些東西都是可以壓驚的。」

陸小鳳笑了。

他實在想忍住不笑的，卻實在忍不住笑了出來。只不過在他開始笑的時候，他已經一把揪住了小叫化的衣襟，就在他揪住小叫化的衣襟的時候，小叫化的人已經被他好像提一個小王八一樣的提了起來。

陸小鳳已經板起了臉。

「你半夜三更偷偷的摸到我的房間裡來，翻箱倒簍還不算，還要爬到我床底下去，你這是什麼意思？」

「我……」

「最可恨的是，你居然還說我嚇著了你，還要我賠償你。」

陸小鳳冷笑：「我看你倒應該好好賠償我才對，我一定很快就會想出一個好法子來的。」

小叫化已經快哭出來了。

「我不是來偷你的，我是丐幫的子弟，我怎麼會來偷陸小鳳，我怎麼敢？」他哭喪著臉：「天下有誰不知道陸小鳳是丐幫的好朋友，丐幫上上下下幾萬個兄弟有誰敢妄想動陸小鳳一根寒毛？」

「你真的是丐幫的弟子？」

「絕不假。」

陸小鳳的手鬆了，小叫化一跳下地立刻用一種很漂亮的身段，向陸小鳳打了個扦。

「丐幫第二十三代弟子黃小蟲，叩見陸小鳳陸大俠陸大叔。」

「你是那一堂、那一舵的？」

「玄龜堂，王老爺子屬下長江第二十七分舵管轄，三年前才被派到這裡來。」

「長江分舵的弟子怎麼會被派到這裡來？」

小叫化嘆了口氣：「無論哪一幫、哪一派裡面，總有幾個是比較倒楣的。」

丐幫和陸小鳳的淵源極深，丐幫的子弟可以說都是陸小鳳的朋友。朋友們說的話，陸小鳳一向很少懷疑。

從這個小叫化嘴裡陸小鳳又證實了幾件事。

——柳乘風的確是死在一條暗巷中，的確是被趙瞎子收殮的，那時候殺人的兇刀的確還留在柳乘風的屍體上。

問題是——

「只不過第一個發現柳大爺屍體的人絕不是我。」小叫化用非常肯定的口氣說：「幹我們這行的人，雖然總喜歡在半夜裡東遊西逛，可是那一天我逛到那條巷子裡去的時候，那裡最少已經有兩個人比我先到了。」

「哦？」

「我本來不想往那邊走的，直到聽見柳大爺的慘呼聲才趕緊撲過去。」

「到了那裡的時候，你就看見有兩個人早已先在那裡了？」

「對。」

「兩個什麼樣的人？」陸小鳳追問。

「三更半夜我也看不清他們的臉，而且他們一看見我，也很快的就跑了。」小叫化說：「可是我可以斷定，那兩個人是一男一女。」

「一男一女？」

陸小鳳立刻想到了在趙瞎子後院中遇到的一個快刀手，和那個假扮作老嫗，卻有著一雙美腿的女人。

六

房子是一間建築得很簡陋的房子，桌子是一張連油漆都沒有的破木桌，床是一張破床。

這些還不要緊。要緊的是，房子裡沒有朋友，桌子沒有酒，床上也少了一個人。

在這麼樣一間房裡，陸小鳳本來是絕對待不下去的，更休想讓他睡上床。

可是現在陸小鳳已經睡在床上了。

柳乘風是他的朋友。

柳乘風的死，實在太離奇。

這個遠在邊陲的荒涼小鎮上，彷彿也充滿了一股說不出的離奇詭秘之意。

陸小鳳如果連這種事都不管，他還管什麼事？陸小鳳如果連這種事都不管，那麼這個陸小鳳也就不是陸小鳳了。

要管這件事，就要先想通很多件別的事。

到現在爲止，陸小鳳所有的線索，都是從小叫化和趙瞎子那裡得來的。

這兩個人說的話好像都不假，奇怪的是，其中卻偏偏好像有一點矛盾。

矛盾在哪裡？陸小鳳也說不上來，有很多事他都還沒有想通，甚至連影子都看不見，連門都沒有。

就在他想得一個頭有三個頭那麼大的時候，他忽然聽見一種奇怪的聲音。

他的心忽然跳了起來。

無論誰都知道陸小鳳絕不是一個很容易就會興奮得心跳的人，可是他現在心跳得真厲害。

陸小鳳的心一直都在跳，只不過現在他跳得比平常快得多，因爲他忽然聽到了另外一個人的心跳聲，「噗通、噗通」的心跳聲，還加上輕輕的喘，而且就在他那扇薄薄的木板門外面，而且還是一個很誘人的女子聲音。

更重要的是，陸小鳳立刻就聽出了發出這種聲音的這個女人，就是那個腰肢纖細、雙腿修長的老闆娘，那個走起路來全身一直像一條蛇一樣在扭動的老闆娘。

她是從院子對面很快的跑過來的，一跑過來就靠在門上不停的心跳、不停的喘氣。

三更半夜，她跑到一個陌生旅客的房門外來幹什麼？這一點陸小鳳連想都不敢去想。

一個遠在異鄉爲異客的旅人，如果多想到這一類的事，這一夜他怎麼還能睡得著？

這一夜陸小鳳當然沒有睡著，因為老闆娘已經推開門走進來了。

門本來沒有上閂，所以老闆娘一推門就走了進來，可是一走進來就順手把門拴住了。

陸小鳳就好像一個死人一樣的睡在床上，連動都沒有動。

只是他的心卻動了。

一個健康正常的男人，一個孤獨寂寞的旅人，在這種情況下如果還能夠保持不心動，那麼他很可能就真的已經是個死人了。

陸小鳳人沒有動，也是不過因為他想看看這位風情萬種的老闆娘，夜深人靜到這裡來到底想幹什麼？

——是來搜查他行李的？是來殺他的？還是來勾引他的？

作為一個男人，陸小鳳當然希望她這次來的目的是最後一種。

這是男人的虛榮心和自尊心，每個男人都會這麼樣想的。

幸好陸小鳳他另外有一種想法。

如果這位老闆娘是來殺他的，至少可以證明她和柳乘風的兇案有關，那麼陸小鳳偵查的範圍也可以縮小了。

不幸的是，這位老闆娘連一點要殺他的意思都沒有。

屋子裡的燈已經熄了，窗外的燈光也不知是從哪裡照過來的，朦朦朧朧的照出老闆娘纖細的腰肢和一雙修長的腿，腿的曲線在柔軟的長袍下很清楚的顯露了出來。

陸小鳳忽然說：「你應該知道燈在哪裡，去把燈點起來。」

老闆娘好像嚇了一跳，用一雙很白的手，輕輕拍著她很豐滿的胸。

「你嚇死我了，你可真把我嚇了一跳。」她問陸小鳳：「這樣子不是蠻好的，為什麼要我點燈？」

陸小鳳的回答才真是要讓大多數女人都嚇一跳：「因為我要看看你的腿。」他說。

老闆娘吃吃的笑了：「我的腿有什麼好看的？我不給你看。」

陸小鳳居然好像有一點是在撒嬌的樣子：「我喜歡看，我偏要看，而且非看不可。」

老闆娘嘆了口氣：「你啊，你這個人，實在是煩死人了。」

她嘴裡雖然這麼說，可是那張破木桌上的油燈，已經被她點著了。

老闆娘把她的身子迎向燈光，把她柔媚的眼波拋向陸小鳳。

「這麼樣可以了吧？」

「還不行。」

「還不行？」老闆娘問：「為什麼還不行？」

「因為現在我看見的只不過是你的裙子而已，還沒有看見你的腿。」

「你還想要怎麼樣？」老闆娘的眼波在蕩漾：「難道你還想要我把我的裙子掀起來？」

「一點也不錯。」陸小鳳不懷好意的微笑著說：「我心裡就是在這麼想。」

老闆娘用她一嘴又細又白的牙齒，輕輕的咬住了她的唇：「你啊，你真是我的冤家。」

如果一個女人把你當作她的冤家，那麼你就可以放心了。

對於一個冤家的要求，女人們是絕不會拒絕的，所以陸小鳳很快就看見了老闆娘的腿。

這雙腿已經實在沒有什麼地方可以讓人抱怨的了，就算最挑剔的人也應該覺得很滿意。可是陸小鳳卻在心裡嘆了口氣，甚至還露出了很失望的樣子。因爲這雙腿並不是他想看的。

他想看的，是從翻飛的紫色長裙下露出的那雙腿，那雙腿的肌肉結實而充滿了彈性，充滿了一種野性的青春活力。

老闆娘這雙腿雖然更白、更細緻，可是肌肉卻已經開始有一點鬆弛，對於男人的情慾雖然更有挑逗力，卻已缺乏彈性。

陸小鳳並沒有把自己的失望掩飾得很好，老闆娘也沒有注意到這一點，只是膩聲問：「現在你還想要我怎麼樣？」

陸小鳳居然把眼睛都閉了起來：「現在我只想要你放下你的裙子，吹滅桌上的燈，用你的兩條大肥腿走出去。」

老闆娘生氣了，這次可真的是生氣了，氣得恨不能一下子就把這個可惡的小鬍子活活掐死。

「你這是什麼意思？」她尖叫著問陸小鳳。

「我想我大概已經把我的意思說得很明白了。」陸小鳳幽然道：「我想你也應該聽得很清楚。」

他本來以爲她會氣得發瘋的，說不定會氣得撲過來捶他幾下，咬他幾口。

可是他不在乎。

要對付一個發瘋的女人，陸小鳳先生最少也有一百多種法子。

令人想不到的是，我們的這位老闆娘非但沒有發瘋，反而又吃吃的笑了。

「你啊！你實在不是個好東西，你簡直就不是人。」她笑得居然好像還很愉快：「幸好我還有法子對付你這種不是人的人。」

「哦？」

「我可以保證，如果你今天讓我走出這扇門，你一定會後悔一輩子的。」

她的聲音居然變得連一點生氣的味道都沒有，這種反應連身經百戰的陸小鳳都不能不覺得很奇怪，所以忍不住要問：「你是不是在告訴我，如果今天晚上我不把你留下來，我就會後悔一輩子？」

老闆娘那一嘴細白的牙齒在微笑中露了出來。

「我想我已經把我的意思說得很明白。」她說：「我想你也應該聽得很清楚。」

「好，這次算我投降。」他甚至把雙手都舉了起來：「你能不能告訴我，我爲什要後悔？」

「因爲只有我能告訴你，你的朋友柳乘風是怎麼死的。」

這句話就好像是一條鞭子，陸小鳳就好像忽然挨了一鞭子，從床上跳了起來。

「你知道是誰殺了他？」

「我想我大概可以知道一點。」

陸小鳳的全身都已僵直，口氣都軟了：「那麼你現在是不是可以告訴我？」

「我當然可以，你這個冤家！不管你要我去做什麼，我都會去做的。」老闆娘說：「可是你至少先得爲我做一件事才像話。」

「什麼事？」

老闆娘直視著他，幽幽然的說：「脫下你的褲子，讓我看看你的腿。」

陸小鳳傻住了，彷彿已經被嚇呆。可是忽然間他又大笑。

「這件事太容易了。」他開心的笑著說：「天下還有什麼事比一個漂亮的女人要一個男人脫褲子更容易？只要能讓你高興，要我脫什麼都沒關係。」

他沒有騙她。

話還沒有說完，他的褲子已經離開了他的腿。

「現在你還想要我幹什麼？」

老闆娘的眼波又開始蕩漾：「現在我只想要你拋下你的褲子，吹滅桌上的燈，用你的兩條小瘦腿走過來抱住我。」

爲了一件必須要做而且非做不可的事，總要付出一點點代價的。

爲了一個真正是朋友的朋友，無論付出什麼樣的代價都值得。

陸小鳳一向是有原則的人，這就是他的原則。

所以燈滅了。

七

一男一女，一間小屋，一張床。燈滅了之後是可以做出很多事來的。

一男一女，一間小屋，一張床。燈滅了之後也可能什麼事都沒有做。

實在的情況如何？究竟有沒有什麼事發生過，除了他們兩個人自己之外，有誰知道？

我們唯一能夠確信的事，就是陸小鳳當然問過老闆娘：「你怎麼知道是誰殺了柳乘風？」

「因爲在我們這個鳥不生蛋的小鎮上，只有一個人能殺他。」

這句話當然需要解釋，老闆娘的解釋是——黃石鎮是一座非常荒涼偏僻的小鎮，自從它附近藏金的傳說，被證實爲只不過是一項謠言之後，連經過的行旅客商都絕跡了，因爲這裡根本就不在通商大道上。

這裡的居民，都是數代以前就已經在這裡生根落籍的，都已經習慣了這種貧窮但卻安定的生活，也已經不能再去適應外界那種繁華世界中的競爭與忙碌。

老闆娘說：「譬如說我們家那個死胖子，死守著這家小雜貨舖，已經守了好幾代了。就是你現在要他出去，賺一大把一大把的銀子，他也沒那個膽子了。」她說：「只要一走出這座小鎮一步，他的腿就會發軟。」

小鎮上其他大部份人也都是這個樣子的，貧窮安定的生活，已經使他們完全沒有絲毫鬥志，也已經完全沒有虛榮心。

因爲他們根本就不知道外面的聲色榮華諸般享受是什麼樣的。

這些人都已經遠在百年之前，就已經在這個小鎮裡落籍生根，每一戶人家彼此之間的了解，就好像一個人自己了解自己一樣。

「只有一個人是例外。」老闆娘說：「我們這個鎮上，只有他一個人例外。」

「這個人是誰？」

「他姓沙，他的名字幾乎已經被人忘記了，因爲大家都稱他爲沙大戶。」

「沙大戶？別人爲什麼要叫他沙大戶？」陸小鳳問老闆娘。

「黃石鎮上的好田好地都是他的，連幾個甜水井也都是他的，別人不叫他沙大戶叫他什麼？」

「這個沙大戶爲什麼要殺柳乘風？」

「我可沒有說他要殺柳乘風。」老闆娘說：「我只不過說，如果黃石鎮上有人能殺柳乘風，這個人就一定是沙大戶。」

「爲什麼？」

「因爲我也知道柳大爺是江湖中一等一的好手，我們這裡的人卻都是只要看見別人一動刀，就會嚇得尿濕一褲襠的龜孫子。」

老闆娘說：「除了沙大老闆之外，黃石鎮上誰也不敢動柳大爺一根寒毛。」她特別強調：「除了沙大老闆之外，誰也沒這個本事。」

「他有什麼本事？」

「其實他自己也沒有什麼鳥蛋的本事，他有的也只不過是一肚子大便而已。」

老闆娘剛才是帶了一罈酒來的，跟陸小鳳喝酒，無疑是天下最讓人高興的事情之一，所以我們這位有一雙白手一雙長腿和一顆春心的老闆娘，現在想要不醉都困難得很。

所以她現在說話已經開始有一點胡說八道了。

「只不過我們這位沙大老闆，要比別的那些龜孫子要強一點。」老闆娘說：「因爲他除了一肚子大便之外，還有一屋子金銀珠寶。」

「這跟柳乘風的死有什麼關係？」陸小鳳問。

老闆娘摟住了他的脖子，像拍小孩子一樣拍著他的臉。

「小少爺，你懂不懂有很多人就好像蒼蠅一樣，一看見大便就會不要命的飛過來。」她的眼已瞇起：「金銀珠寶就是他們的大便。」

「那麼蒼蠅是些什麼人呢？」

「蒼蠅也就是一些既不是東西也不是人的人。」老闆娘說：「強盜、逃犯、兇手、惡棍、採花賊和一些出賣了朋友的畜牲，他們被人逼得無路可走的時候，就會變成蒼蠅，就會嗡嗡嗡的飛到一堆大便上去，這些大便當然是愈遠愈好。」

她把罈子裡最後一口酒也喝了下去：「黃石鎭上的這一堆大便當然是最遠的。」

陸小鳳知道這個女人已經快要變成一隻女醉貓了，因爲他知道那一罈酒是多麼烈的酒，所以他一定還要趁她沒有醉之前問她一些話。

「你說的這一些蒼蠅之中，是不是有一些一流的高手？」

「大概是吧。」

「難道你認爲這些來投靠沙大戶的強盜兇手之中，有人能殺柳乘風？」

「我也不知道。」老闆娘的眼睛已經闔了起來：「如果想知道，爲什麼不自己去看看？」

說完了這句話，老闆娘的眼睛就再也張不開了。

對一個已經喝醉，而且已經睡著的女人，連陸小鳳都沒有法子。

除了直接去找沙大戶之外，他實在連一點法子都沒有。

四　大戶人家裡的殺手

一

沙大戶的名字當然不叫大戶，只不過他確實姓沙，他的父親、祖父、曾祖、玄祖都姓沙，而且都叫做沙大戶。

對他們家的人說來，除了「大戶」這兩個字之外，幾乎已經沒有更適當的稱呼了。

因爲他的玄祖沙曼閣被朝廷遣放到這裡來之後，就成了這裡最有權勢的人。

沙曼閣，字觀雲，好學道，十三歲入庠，十七歲中舉，十八歲即高中，點翰林、入情流，少年清貴，想不風流也不可能了。

可是風流也要付出代價的。

風流輕狂，風流環薄，風流清貧，風流早死。

爲什麼一個才情絕代的詞人要忍心把他的浮名——把他不是浮名的浮名換作淺酌低唱？

那只不過是風流而已。

風流千古事，得失寸心知，得又如何？失又如何？生又如何？死又如何？一芥子即一世界，一刹那即一永恆。沙曼閣的風流，換來的結果，就是要他們沙家的人一輩子都要發配到邊疆去做流民。

可是他們沙家的流民，在黃石鎮上，過的卻是非常貴族化的生活。

因爲沙曼閣是個讀書人，到了黃石鎮之後還不到一年，就在附近一個山坑裡挖掘到黃金。

世界上還有什麼東西比金子更實在、更寶貴的？

販夫走卒、婦孺幼童、蠻漢村夫，他們也許不知道珍珠瑪瑙翡翠碧玉書帖名畫漢玉古碑細瓷，可是黃金呢？

如果這個世界上還有人不知道黃金的價值，那才真的是怪事了。

自從沙家暴富後，黃石鎮附近就開始有了一陣尋金的熱潮，想發財的人從四面八方擁集而來，黃石鎮就在一夜之間忽然繁榮了起來。

只可惜這陣繁榮並沒有維持多久，因爲除了沙大戶之外，能找到黃金的人實在少得可憐。

大多數人都失望的走了，只有沙大戶依舊是沙大戶，黃石鎮也依舊蕭條如故。

二

陸小鳳來拜訪沙大戶，就在他到達黃石鎮的第二天以後。

那時候沙大戶正在喝他這一天的第一杯酒，中午這一餐，他喝的通常都是比較軟一點的酒，這天他喝的是特地從紹興捎來的善釀。

這種酒極易入口，後勁卻極大，陪他喝酒的是他身邊最接近的一位清客孫先生，據說是從知縣任上致仕的，看起來文質彬彬的，儒雅溫和。

進來稟報有客來訪的是，這一天在門房裡當值的護院楊五。

沙大戶一隻手拿著酒杯，一隻手拿著筷子，眼睛看看一碟鳳雞裡的一個雞腳，冷冷的問楊五：「你知不知道我在吃飯的時候，是從來不見外客的？」

「我知道。」

「那你爲什麼還不叫外面那個人滾蛋？」

「我本來不但想要他滾蛋，還想拎住他的脖子把他扔出去。」楊五說。

「你爲啥沒有這麼做？」

「因爲這個人我扔不出去。」楊五說：「他沒有把我扔出去，我已經很高興了。」

沙大戶轉過頭，瞇著眼睛看著他。

「我本來一直都以爲你是一個很有種的人，怎麼忽然會變得那麼孬了？」

在自己的老闆面前，楊五說話也不太客氣。

「我一點都不孬。」他說：「我只不過不想去惹那個人而已。」

孫先生插口了：「那位仁兄究竟是何許人也？」

楊五故意很冷淡的說：「他其實也不是什麼了不起，只不過是個長了四條眉毛的陸小鳳。」

沙大戶的架子一向是非常大的，大得不得了，可是聽到陸小鳳這三個字，他立刻就好像變成了另外一個人。

這三個字的本身就彷彿有一種很特別的魅力。

陸小鳳自己也明白這一點，所以他雖然站在門房外面等了半天，可是他相信沙大戶只要聽見了他的名字，一定會親自出來迎接他，用最好的酒菜招待他，旁邊甚至還有最好看的女人。

對於這一點他有信心。

有一次在微醺之後，他曾經問過他的一個好朋友，他問老實和尚：「你知不知道我是一個什麼樣的人？」

他不等老實和尚開口，就自己回答：「我是個騙吃騙喝的專家，就憑我的名字就可以吃遍天下。」

老實和尚大笑：「這一次你說的實在是老實話。」

好酒好菜都已經擺在桌子上了，架子極大的沙大老闆果然是親自把陸小鳳迎接進來的，宴客的花廳裡已經擠滿了一屋子人。

能夠看到陸小鳳這樣的人，這種機會有誰肯錯過。

沙大戶很抱歉的向陸小鳳舉杯。

「陸兄，你看這地方，像不像個菜市場？」

「真有點像。」

沙大戶大笑：「其實這個地方本來是蠻清靜的，我們家也並不是這麼沒有規矩的人家，可是大家一聽說那個能夠用兩根手指捏住刀鋒，而且還有四條眉毛的陸小鳳來了，誰都想看看這個陸小鳳是個什麼樣的人。我擋也擋不住，趕也趕不走。」

陸小鳳故意嘆了口氣。

「這種事本來就是沒法子的，誰叫我是這麼有名的人？」他簡直連一點謙虛的意思都沒有：「一個名人總是會常常碰到這種事的。」

大家都笑了，只有一個穿著一身藍布秀才衫，好像是清客一類的瘦小中年人，臉上雖然也陪著笑，眼中卻全無笑意，甚至連他臉上的笑容看起來都很僵硬勉強。

幸好陸小鳳並沒有注意到他，只是帶著笑對沙大戶說：「我的窮、我的懶，都是很有名的，我相信你一定也知道。」

「我聽說過。」

「那麼你爲什麼不問我，像我這麼樣一個人怎麼會像一隻騾子一樣，笨笨的趕了幾千里路，連滾帶爬的跑到這裡來？」

沙大戶感慨嘆息。

「這地方實在愈來愈窮了，到這裡來的人確實愈來愈少。」他說：「像陸小鳳這樣的大人物居然會來，我們實在連作夢都想不到。」

他本來很有威嚴的一張「國」字臉上居然露出了像陸小鳳一樣調皮的笑容：「幸好我不作夢的時候還可以想得到。」

陸小鳳四條眉毛都揚了起來：「你真的知道？」

「真的。」

「你知道些什麼呢？」

「知道你是爲了一個朋友來的，你那位朋友很不幸的死在這個地方。」

「你知道的事好像還真不少。」

「這個地方雖然窮，我可不窮。」沙大戶說：「像我這麼樣一個有錢人，總是有很多人會偷偷的跑來告訴我很多事的。」

他笑得非常愉快：「有錢的人就好像有名的人一樣，不管做什麼事都要比別人方便一點。」

這一點誰都不能不承認。

陸小鳳聽到有道理的話總是會露出很佩服的樣子。

「看起來你這個人實在真的是很有一點學問。」

沙大戶大笑：「我的學問恐怕還不止一點而已。」他說話也同樣一點都不謙虛。

「除此以外，你還知道什麼？」陸小鳳問這個好像有很多種性格面目的人。

「你是不是還知道我來找你是爲了一把刀？」

「這種事我怎麼可能不知道。」沙大戶故意用冷淡的語氣說：「這個小鎭上怎麼可能還有我不知道的事？」

陸小鳳盯著他，也故意用一種很冷淡的口氣道：「那麼你一定也知道那兩個人是誰了？」

「兩個人？」沙大戶皺起了眉：「兩個什麼樣的人？」

「你不知道我問的是哪兩個人？」

「我怎麼會知道。」沙大戶說：「這地方雖然小，人卻不少，我怎麼知道你問的是誰？」

陸小鳳嘆氣，搖頭：「原來這地方畢竟還是有些事是你不知道的。」

這句話說得簡直有點混帳了。

他只說他要找兩個人，既沒有說出這兩個人的姓名來歷，也沒有說出他們的身材容貌。有誰能知道他說的是誰，那才是怪事。

可是他偏偏要這麼說，這種話大概也只有陸小鳳先生能說得出來。

他知道沙大戶一定會生氣了，陸先生說的話常常會把別人活活氣死。連老實和尚那種有涵養的人都差點被他氣死在陰溝裡，何況沙大戶這種大爺。

一個做慣了大爺的人，能受誰的氣？

「你到底要找兩個什麼樣的人？」沙大戶忍住氣問陸小鳳。

「是一男一女。」

「你要找的是一男一女?好極了，實在好極了。」

沙大戶氣得直笑：「這個世界上正好有一半是男人，一半是女人，你要找的正好就是一男一女，你說巧不巧？」

他生氣，陸小鳳不氣，陸先生一向只會氣人，不會氣自己。

看到他這種很高興的樣子，本來很生氣的沙大戶忽然也笑了起來。

「原來我上了你的當了。」

「你上了我什麼當？」

「你是故意在氣我，我居然就真的生了氣。」沙大戶說：「我簡直好像是個傻瓜。」

其實他一點都不傻，陸小鳳無緣無故的氣他。

這兩個人從一見面開始，所說的每句話都不是沒有道理的，就好像兩個武林高手在過招一樣，都想把對方壓倒。

「我看得出你也跟我一樣，也是個爭強好勝的人。」沙大戶說：「我一向最喜歡這種人。」

「只可惜你長了鬍子。」陸小鳳又故意嘆了口氣：「你大概也知道陸先生一向只喜歡美女。」

這一次沙大老闆不再生氣了，時常生氣絕不是件好事，尤其有礙健康。

大老闆們通常都很會保重自己的身體。所以他只問陸小鳳：「你要找的那一男一女，有什麼特別跟別人不同的地方？」

「那個男的很會用刀。」

沙大老闆笑了：「我家的廚子也很會用刀，他用刀片起肉來，片得比紙還薄。」

他也故意問陸小鳳：「你要找的是不是我的廚子？」

陸小鳳當然更不會生氣，反問道：「你的廚子會不會殺人？」

「我只知道他會切肉。」

「切什麼肉？」

「豬肉牛肉羊肉狗肉騾肉馬肉雞肉魚肉鶴肉鵝肉兔子肉獐子肉，什麼肉他都切，甚至連老虎肉他都切過。」沙大戶說：「只有一樣肉他不切。」

「人肉？」

「你又說對了。」沙大戶還在笑：「人肉是酸的，比馬肉還酸，我絕不會讓我的廚子去切人肉。」

陸小鳳又在嘆氣：「沒有吃過人肉的人，怎麼會知道人肉是酸的？真奇怪。」

沙大老闆不理會他，否則就又要生氣了。

別人要氣你，你不氣，才是高竿，能夠做一個大老闆，沒有一兩下高竿怎麼能罩得住？

「男的會用刀，女的呢？」他問。

「女的那一個就更奇怪了。」陸小鳳說：「她滿頭白髮蒼蒼，像是個六、七十歲的老太婆，可是她的一雙腿，卻像是個十六、七歲的大姑娘。」

像那麼樣一雙腿，如果有人能在看到過之後很快就忘記，那個人一定不是個男人。

沒有看見這雙腿，沙大老闆無疑也覺得很遺憾。

他雖然已經開始有一點老了，畢竟還是男人，愈老的男人，愈喜歡看女人的腿。

就算只不過看一看，也是好的。

沙大老闆嘆了口氣，先把自己這一生中所看到過的美腿一雙雙的在心裡溫習了一遍，等到自己覺得自己又變得年輕了一點時，才問：「你有沒有看到她的臉？」

「沒有。」

當時陸小鳳根本沒有機會看到她的臉，何況看到了也沒有用。

頭髮可以染的，臉也可以改扮，天色又已黑了，生死已在呼吸間。

這種情況沙大老闆當然也不會不明白，卻偏偏還是要問：「你爲什麼不看她的臉？」

「因爲我是個男人。」陸小鳳淡淡的說：「一個男人在看到那麼樣一雙腿的時候，誰還有空去看她的臉？」

問得不通，回答也絕，大戶大笑。

「現在我才明白你的麻煩在哪裡了。」他大笑道：「這個女人你根本就找不到，除非你能把這地方每個女人的裙子都脫下來瞧一瞧。」

陸小鳳沒有笑，反而一本正經的壓低聲音說：「老實告訴你，我正想這麼做。」

「這種事誰不想做？」沙大戶也故意壓低聲音：「如果你真的去做了，千萬要告訴我，好讓我也跟著你去瞧瞧。」

兩個人說了半天話，誰也不知道他們是在鬥嘴？還是在鬥智？

長了四條眉毛的陸小鳳已經看透了，好像也沒有什麼太稀奇。

擠在大廳裡的人已經覺得沒什麼太大的意思，一個個都往外溜。

那個穿藍布衫的秀才本來就笑不出，現在當然更待不住。

陸小鳳忽然大聲說：「金老七，別人都能走，你不能走。」

誰是金老七？誰也不知道誰是金老七，誰也不知道他在叫誰，所以不管誰都會嚇一跳。

忽然被人嚇了一跳的時候，腳步一定會停下來，每個人都在東張西望，想找出這位大名鼎鼎的陸小鳳叫的究竟是什麼人？爲什麼要叫住他？

秀才也不例外。

只可惜現在每個人都看出陸小鳳要找的人就是他了。

陸小鳳的眼睛已經像釘子一樣盯住他。連他自己都已感覺到，所以忍不住要問：「陸大俠，你在叫誰？」

「我不是大俠，就好像你也不是秀才一樣。」陸小鳳說：「我在叫的當然就是江湖中唯一能『夜走千家，日盜百戶』的金七兩。」

「我不認得這個人。」

「你不認得我認得。」陸小鳳說：「你就是金七兩，金七兩就是你。」

五　棉花七兩　面具一張

一

金七兩這個名字並不是沒有來由的。因爲這根本不是他的名字，而是他的綽號。

江湖人通常有個綽號，名字可以狗屁不通，綽號卻一定有點道理。

陸小鳳既不小也不是鳳，連鳳和鳳的老婆「凰」長得是什麼樣子他都沒見過，西門吹雪當然也不會真的去吹雪。

李尋歡能尋找的通常只有煩惱，李壞並不壞，胡鐵花和一朵鐵花之間，用八竿子也打不出一點關係來。

可是沙大戶就是大戶，小叫化就是小叫化，王八蛋就絕不是臭魚。

那麼金七兩是怎麼會被別人叫做金七兩的呢？

金七兩本來的名字叫金滿堂，能夠把黃金堆滿一大堂，那有多高興。

只可惜他家的金子連一個夜壺都堆不滿。

所以他從小就去學武，最喜歡的一種武功是輕功提縱術。

輕功練好了，高來高去，來去無阻，取別人的財帛子女如探囊取物，那豈非又比滿堂黃金更讓人高興？

就因爲他從小就有這種「偉大的抱負」，所以他的確把輕功練得很好，江湖中甚至有人說，只要金滿堂施展出輕功來，落地無聲，輕如飛絮就好像七兩棉花一樣，所以別人就叫他金七兩。

金七兩長得雖然並不高大威武，可是眉清目秀，齒白唇紅，從小就很討人歡喜，否則恐怕也不會有那麼多大盜飛賊把輕功秘技教給他了。

這面黃肌瘦的秀才老者會是金七兩？陸小鳳是不是看錯人了？

「我不會看錯人的。」陸小鳳說：「你臉上戴著的這張人皮面具，雖然是很不錯的一種，最少也要花掉你幾百兩銀子，可是還休想能瞞得過我。」

他走過去，秀才盯著他，忽然嘆氣。

「陸小鳳，我真奇怪，你怎麼到現在還沒有死呢？難道你真的永遠都死不了？」

金七兩絕對是個聰明人。

一個聰明人在知道自己騙不過別人的時候，就絕不會再騙下去。

他甚至把臉上的面具都脫了下來。

「陸小鳳，你有本事把我認出來，我沒話說。」金七兩道：「可是你說我這張人皮面具只值幾百兩銀子，就未免太過份了。」

「哦？」

金七兩輕撫著手裡薄如蟬翼般的面具，就好像老人撫摸少女那麼溫柔。

「這是『紅閣』的真品，是我用一張吳道子的畫和一株四尺高的珊瑚換來的。」他說：「那至少要値好幾十個幾百兩。」

「真的？」

「當然是真的。」

陸小鳳的四條眉毛都垂下來了，甚至好像有一點快要哭出來的樣子。

「如果你這張面具真是用那兩樣東西換回來的，你最好趕快去上吊。」

「爲什麼？」金七兩急著問：「難道這是假的？」

「如果這不是假的，我就去上吊。」陸小鳳說：「如果你晚上真的戴著一張紅閣面具，恐怕連神仙都很難把你認出來。」

「紅閣」就是朱停的別號，朱停是個很絕很絕的人，也是陸小鳳的老朋友。

我特別強調這件事，只因爲它是這個故事裡非常重要的關鍵之一。

二

現在金七兩的樣子好像也快要哭出來，被騙的滋味有時候就好像吃大便一樣，既然已經吃下去了，怎麼還吐得出來？

哭也不能哭，吐也不能吐，金七兩只覺得嘴裡又乾又臭。

陸小鳳很同情的看著他，用一隻很溫暖的手去拍他的肩。

「你不必生氣，也不必難過，只要你肯說老實話，我一定送你一張真的紅閣。」

「如果你要問我那個女人是誰，你就問錯人了。」金七兩說：「我從不看女人的腿。」

「我知道你不看！」陸小鳳說：「你一向只喜歡看男人。」

他口氣中並沒有什麼譏嘲之意，在歷史上某些時期中，男人喜歡男人，女人喜歡女人，都是很平常的事。

尤其是在太平盛世，在士大夫那一級的階層裡，這種事更普遍。

金七兩的態度忽然變了。

紅閣真品並沒有讓他心動，陸小鳳對這種事的看法卻感動了他。使得他消除了自卑，也使得他有了一種說不出的知己之感。

這種感覺是很難掩飾的，陸小鳳當然立刻就看了出來，所以立刻就問：「我想你一定知道柳乘風這個人？」

「我知道。」金七兩說：「去年他就來了，而且已經死在這裡。」

「他是怎麼死的？」

「被人在暗巷中刺殺於刀下。」

金七兩神情忽然變得很慘淡：「那就好像我把田八太爺的孫子刺死在暗巷中一樣，都是沒來由的事。」

「就因爲你殺了小小田，所以才會逃到這裡來？」陸小鳳問。

「殺了不該殺也不能殺的人，只有亡命。」金七兩黯然道：「亡命之徒的日子並不好過，總有一天會被追到的。」

「爲什麼？」

「殺人之後，心慌意亂，總難免會留下一些線索。」金七兩說：「不管你的輕功多高，不管你逃得多快，只要有一點線索，別人就能追到你。」

「殺死柳乘風的那個人，留下了什麼線索？」

「他留下了一把刀。」金七兩說：「一把很特別的刀。」

在江湖人的心目中，刀就是刀，就正如人就是人一樣。人都可以殺，刀都可以殺人。人用刀，刀殺人，人被殺，就好像雞生蛋，蛋生雞，雞又生蛋那麼自然，也就像一是一，二是二，三是三那麼簡單。

江湖人所講的道理，就是這樣子的。

如果他們說有一把刀是很特別的刀，那麼這把刀就一定非常特別。

金七兩是個不折不扣的江湖人，他既然這麼說，陸小鳳當然要問：「那把刀有什麼特別？」

金七兩的回答非常奇怪，他的回答甚至不像是一個江湖人會說出來的。

「那把刀根本就不是一把刀。」他說。

陸小鳳的耳朵不聾，神智也很清醒，這天到現在爲止他連一滴酒都沒有喝。

他聽得清清楚楚，一字不漏：「那把刀根本就不是一把刀。」

金七兩就是這麼樣說的。

金七兩並沒有說謊，這把刀的確不能算是一把刀，只不過是一把匕首而已，不但製作得非常精巧，價值無疑也非常貴重。

它的柄是用一根整支象牙雕成的裸女，曲線玲瓏，栩栩如生，如果你一直盯著她看，她的眉目也彷彿在向你傳情，甚至好像要投入你的懷抱裡。

象牙的色澤也像是少女的皮膚一樣溫暖柔軟而光滑。

可是你只要輕輕一按她的胸，刀柄中立刻就會有一把匕首彈出來，鋒刃上閃動的光芒竟是暗赤色的，鮮血已將乾枯凝結時，就是這種顏色。

這柄匕首的每一個部份無疑都是名匠的精心傑作，而且年代也很古老了。

沙大戶從他書房裡，一個書架後的秘密隔間小櫃中，拿出了這柄匕首。輕按機簧，匕首彈出，鋒芒閃動，宛如血光。

「這就是刺殺柳大俠的兇器。」沙大戶說：「像這樣的利刃，我當然要親自保存才能放心，我這裡至少總比棺材店安全得多。」

他又說：「我實在不願它落入別人的手裡，因爲我一直想把它親手交給你。」

這也不是假話，現在他已經做到了。

陸小鳳握起了它的象牙刀柄，忽然嘆了口氣：「看起來你這個人實在是個好人，至少比我好得多。」

他對沙大戶說：「如果我是你，我就絕不會把這麼樣一件利器平白交給別人的。」

他又笑了笑：「如果你知道它的價值和來歷，說不定也不會交給我了。」

「哦？」

「這柄匕首是件古物！它的年紀也許比我祖父的祖父還要老得多。」

「這一點我也看得出。」

「人有來歷，刀也有。」陸小鳳問：「你看不看得出它的出身來歷？」

「我看不出。」

「這柄匕首是從哪裡彈出來的，中土的名匠很少肯製作這一類格局的利器，不是名匠又無法將刃煉得如此鋒利。」陸小鳳說：「所以我可以斷定它是從波斯來的。」

「波斯？」沙大戶問：「波斯人用的刀豈非都是彎刀？」

陸小鳳又笑了：「這是刀？」

這不是刀，只不過是一把匕首而已，沙大戶只有苦笑。

這隻該死的小鳳爲什麼總喜歡要別人自己搬石頭來砸自己的腳？

「我曾經在海上耽過一段時候，認得了一批朋友，只要有海水的地方，他們全都走過。最遠的地方甚至已經到了天涯海角。」陸小鳳道：「我相信他們的話，這些傢伙雖然都不是好人，雖然又兇又狠，蠻橫不講理，但是對朋友卻絕不會說謊言。」

這些傢伙並非就是海盜。

陸小鳳的朋友中有些是海盜，一點都不會讓人覺得奇怪。如果他的朋友都是君子，那才是怪事。

「這些人裡面有一位老船長，老得連自己貴姓大名，有多大年紀都忘得乾乾淨淨。」陸小鳳說：「這個老小子就有一柄這樣的匕首。」

這位老船長當然不會是漁船的船長，在波斯海上，經常都可以看到一些掛著皇族旗幟的船隻，這些船隻也難免會遇到海盜。

這位老船長的匕首是從哪裡來的？大概也就不難想見了。

連他自己也不否認：「這種匕首通常只有在宮廷中才看得到。」

三

宮廷中皇子爭權，嬪妃爭寵，弄臣進讒，是千古以來每一個皇室都難免會有的情況，而且不分地域、不分國家皆如此。

爲了爭權爭寵，是什麼手段都用得出來的，暗殺行動、下毒，都是很平常的事。

如果有某一位皇子忽然暴斃，某一位嬪妃忽然失蹤，立刻就會有一些弄臣近侍禁衛大家一起想法子把這件事壓下去，絕對不能宣揚外洩，更不能讓皇帝知道內情，皇室中是絕不能有醜聞的。

如果有人要去認真追究，那麼他不但犯了禁忌，而且犯了眾怒。

爲了保護自己，也爲了在必要時先下手去對付別人，大多數當權的皇子和當寵的嬪妃身邊，都會蓄養著一些謀臣死士刺客。

「可是在宮廷中當然不能公然帶著武器出入，所以這種外表看來像玩物一樣的匕首就成了這些刺客的寵物。」老船長說。

這一類的利器當然不是容易得到的。

老船長又說：「在波斯皇朝情況最不穩定的時候，這種匕首的價值曾經高達過黃金五千五百兩。」

他又告訴陸小鳳：「在當時的奴隸市場上，一個身價最高的絕色金髮女奴，最多也只不過值七、八百兩而已，如果不是處女，價值還要減半。」

五千兩黃金，一把匕首，這種價值連城的波斯古物，怎麼會在這種窮鄉僻壞出現？它是誰的？在這個小鎮上，誰有這種資格？誰有這種能力？

在波斯皇朝的宮廷中，又有哪些人才夠這種資格？

只有一種人夠這種資格，也只有一種人才配用這種利器。

這種人是哪種人？

當然是能夠把它運用得最有效的人，能夠把握最好的時機，出手一擊，從不失手。

這種人通常都有幾種別人無法模仿也學不會的氣質和特色，和普通一般以快刀殺人於鬧市中的刺客是絕不相同的。

因為他們通常都行走在宮廷中。

所以他們的氣質通常都是非常優雅的，要培養出這種氣質，當然要有相當的學識修養和品格。

他們所接觸的人，當然也都是非常貴族化的。

只有這種刺客才能在禁衛森嚴皇族集居的宮廷中出入自如，殺人於瞬息間，脫走於無形中。

這種刺客和江湖殺手是絕不相同的。

江湖殺手的樣子一定要非常平凡，容貌上絕不能有一點讓人一眼難忘的特徵，也不能有一點與眾不同的氣質和個性，讓別人根本忽視他們的存在。

——如果你根本不覺得有這麼一個人存在，你怎會提防他？

這一行中曾經有一位前輩說過一句名言。

——「你要去殺的如果是一個王八，你就得先把自己變成一個王八才行。」

四

「現在我們對於這種匕首已經知道得不少了。」陸小鳳說：「第一，我們已經知道它的價值非常珍貴，而且是波斯的宮廷古物，就算在當地，恐怕已經很難見得到，流入中土的當然更不會多。」

以他的見聞之博、交遊之廣，至今也只不過看到過兩把而已。

「能使用它的人，身分當然不會低，武功也不會弱，而且出手一定極快。」陸小鳳說：「如果沒有一擊必中的把握，也要用它去殺人，那就簡直是在暴殄天物了。」

他淡淡的問沙大戶：「以你看，這裡有誰夠資格配用這種武器？」

「以我看，這裡好像只有一個人配用它。」沙大戶苦笑。「這個人看來好像就是我。」

陸小鳳嘆了口氣：「你說得不錯，這件事看起來好像確實是這樣子的，可惜只不過是『好像』而已。」

「爲什麼？」沙大戶的大爺脾氣又開始發作了：「難道你認爲我也不夠格？」

「要說使用這把匕首，你的資格當然夠，你大概也買得起。」陸小鳳淡淡的說道：「如果說你能用它將柳乘風刺殺於一瞬間，那就抱歉了。」

「抱歉是什麼意思？」沙老闆的火氣又大了起來：「你認爲我辦不到？」

「不是你辦不到，而是誰都辦不到。」

陸小鳳的口氣很肯定：「普天之下，絕對沒有任何人能迎面一刀殺死柳乘風。」

沙大老闆瞪著他看了半天，忽然極快出手，奪去了陸小鳳手裡的匕首。

陸小鳳呆了，沙大戶大笑：「陸小鳳，這次你錯了，柳乘風就是被我用這把匕首殺死的，你信不信？」

陸小鳳的臉色變了，就好像忽然看見一個人的鼻子上長出了一朵喇叭花。

這種樣子只有讓大老闆的火氣更大，一聲怒喝，掌中的匕首已經閃電般往陸小鳳的心口上刺了過去。

他的出手當然要比閃電慢一點，可是要在這麼近的距離內殺人，還是容易得很。

這一著顯然又是陸小鳳想不到的，眼看著匕首的刀尖已將刺入他的心臟。

就在這一刹那間，忽然有兩根手指頭伸出來了。

誰也看不清這兩根手指是從什麼地方伸出來的，那簡直就好像是直接從心臟裡伸出來的一樣，一下子就夾住了刀尖。

再眨一眨眼，匕首就已經到了陸小鳳手裡。

這一次臉色改變的是沙大老闆，笑的是陸小鳳。

「你剛才問我相不相信柳乘風是被你殺的，現在我可以回答你。」

回答是：「我不信。」

「如果說你一刀就可以殺死柳乘風，那麼我只要吹口氣就可以把一條牛吹到波斯去了。」

沙大老闆又瞪他看了半天，本來已經氣得發紫的臉上，忽然又有了笑容：「陸小鳳，你真行，我服了你了。」

他說：「只有一點我還不服。」

「哪一點？」

「你說天下沒有人能迎面一刀殺死柳乘風，柳乘風卻又明明是被人迎面一刀殺死的。」

沙大戶問陸小鳳：「這是怎麼回事？」

陸小鳳連想都不想就回答：「那只不過因爲殺死他的人是一個他絕不會提防的人，是一個跟他非常親近的朋友。」

「我也是他的朋友。」

「可是你跟他還不夠親近。」

「要什麼樣的朋友才能算是跟他夠親近的朋友？」沙大老闆問。

「其實你也應該知道的，能夠讓一個男人最不提防的朋友，通常都不是他的朋友，也不是男人。」

「不是朋友是什麼人？」

「是情人。」

一個男人的情人，通常都不會是男人的。

沙大老闆又傻了：「難道你認爲柳乘風在這裡有一個秘密的情人？」

這句話問的也是多餘的。

一個男人只要在一個地方待上一夜，就可能會有一個秘密的情人了，無論什麼樣的男人都一樣，就連柳乘風都不例外。

問題是，他的情人是誰呢？是不是那個誰都可以勾搭上的雜貨店老闆娘？

陸小鳳心裡忽然覺得有點不太舒服，如果他早就想到這一點，就算用一把刀架在他的左頸後的大血管上，他也絕不會碰她一根寒毛的。

沙大老闆臉上的表情，居然也像是變得跟他差不多了。

——這是不是因爲他和那位風騷老闆娘也曾經有過什麼糾纏？

想到這一點，陸小鳳的心裡更不舒服了，因爲他已經發覺他的表兄弟遠比他想像中的要多得多。

有關柳乘風的死，他所發掘到的線索遠比他期望中的少得多了。

他本來覺得每個人都有一點嫌疑的，從任何一個的身上都很有希望能追查到真兇。

可是每一個人的嫌疑都被他自己否定了。

他到這個偏僻的小鎮上來，第一個見到的就是小叫化。

小叫化的姓不詳，名不詳，身世不詳，武功不詳。一臉鬼鬼祟祟的樣子，總是在偷偷摸摸的做一些偷雞摸狗的事。有時候，甚至會鑽到陸小鳳的床底下去，也不知道他要找什麼。

陸小鳳到這裡來之後，第一個看到的人就是他，第一個發現柳乘風屍體的人也是他。

他的嫌疑本來是很大的，就算不是主兇，也應該是幫兇。

但他卻又偏偏是和陸小鳳關係最密切的丐幫嫡系弟子。

柳乘風的屍體在棺材舖裡，殺死他的兇器也在棺材舖裡。

棺材舖的老闆怎麼會沒有嫌疑？

可是兇器已經不見，想殺他滅口的人卻忽然出現了。他的表現看來也絕不像是個殺人的人。

老闆娘見人就想去勾搭，人人都可以把她勾搭上，可是偷人並不是殺人。

她的腿也不是那雙腿。

王大眼其實只不過是個睜眼瞎子而已，連自己的老婆去偷人都看不見。

如果說這個人能夠迎面一刀殺死柳乘風，那才真的是怪事了。

沙大老闆是夠資格殺柳乘風的人，他有錢，有武功，也有肯替他賣命的人，殺人的兇器也在他那裡。

只可惜他還有一點大老闆的大爺脾氣。

最重要的一點是，這些人都是土生土長在這裡的，和柳乘風非但沒有絲毫恩怨，根本就連一點關係都沒有，更沒有要殺死他的動機和理由。不幸的是，柳乘風卻偏偏死在這裡了。

殺他的人是誰？是為了什麼？

陸小鳳知道這其中必定有一個任何人都無法想像得到的神秘關鍵。

隱藏在人類思想的某一個死角中。

他的想法沒有錯。

只可惜他的思想進入這個死角，找到這個關鍵的時候，他已經死了。

陸小鳳怎麼會死？

六　冒牌大盜的亡命窩

一

春日遲遲，春天雖然還被留在江南，也不知要過多久才會到這裡，可是大地間，多少已經有了一點春意。

從沙大戶的莊院回到老王的雜貨鋪，要走一段很長的黃土路，溶雪使沙土變成了泥濘，人走在上面，走一步就是一腳泥。

這種感覺是令人非常不愉快的。

陸小鳳又不願施展輕功，他很想領略一下這種略帶淒涼苦澀的荒漠春色，這種清冷的空氣，對他的思想也很有幫助。

他很快的就想出了一個兩全其美的辦法。

找兩根比較粗的樹枝，用匕首削成兩根長短一樣的木棍，綁在腳上，當作高蹻，就可以很愉快的在泥濘上行走了。

——這是他第一次用這一把匕首。

現在大概是午時左右，風吹在身上居然好像有點暖意，陸小鳳心裡雖然有很多問題不能解決，還是覺得很舒服。

他絕不是那種時時刻刻都要把錢財守住不放的人，也絕不會把煩惱守住不放。

他常說：「煩惱就像是錢財，散得愈快愈好。」

二

一陣風吹過，路旁那一排還沒有發出新芽來的枯樹梢頭，簌簌的在響。

陸小鳳並沒有停下來抬頭去看，只喚了聲。

「金七兩。」

「陸小鳥。」

金七兩就在樹梢下，看來真的就好像七兩棉花。

他低著頭看著陸小鳳，吃吃的直笑。

「其實我不該叫你陸小鳥的，你看起來根本不像一隻鳥。」金七兩說：「你看起來，簡直就像隻小雞。」

陸小鳳也笑了。

他自己也覺得自己腳下踩著的那兩根木棍，實在很像是雞腳。

「金七兩，你來幹什麼？是不是來追我的？」陸小鳳帶著笑問。

「我要追，至少也要追一隻母雞，來追你這隻小公雞幹什麼？」金七兩說：「我是沒法子，是被逼得非跑出來不可。」

「誰逼你？」

「人逼不走我，只有氣才逼得走我。」

「誰的氣？」

「當然是大老闆的氣。」金七兩說：「也只有大老闆的氣才能逼人。」

「大老闆在生氣？」

「不但在生氣，而且氣得要命。」

「他在生誰的氣？」

「當然是在生你的氣。」金七兩說：「他早就已經關照廚房，把酒菜準備好，你卻死也不肯留下來吃飯，如果你是他，你氣不氣？」

「我不氣。」陸小鳳說：「非但不氣，而且還開心得要命。」

「開心？」

「我沒有留在他那裡吃飯，他的酒也省了一點，菜也省了一點，爲什麼不開心？爲什麼要生氣？」

金七兩苦笑：「大概就因爲你不是他，所以才會說這種話，我們這位大老闆是個死要面子的人，陸小鳳既然已經來到他的地盤，居然不肯在他家裡吃一頓飯，這對他說來，簡直是奇恥大辱，簡直比偷了他老婆還要讓他生氣，所以這頓飯我也吃不下去了。」

「所以你就只好偷偷的溜出來找我？」陸小鳳說：「你是不是想要我請你吃一頓？」

金七兩笑了。

「本來是我想請你的，可是如果你一定要請我，我也不會太不給你面子。」

陸小鳳也笑了：「本來我是真的想請你的，只可惜這裡連個飯館都沒有，我就算想請你也沒有法子請。」

金七兩立刻搶著說：「有辦法，只要你肯花錢，我就有辦法，如果連別人的錢我都花不出去，我就不是金七兩，而是金土狗了。」

辦法果然是有的。

把十兩銀子交給王大眼，不到一個時辰，酒菜就擺在陸小鳳屋裡的桌子上了。

三

酒雖然不太怎麼樣，幾樣菜卻做得非常好，尤其是一樣紅燒雞，燒得鮮嫩而入味，連一向非常挑嘴的陸小鳳都很滿意。

「想不到老闆娘居然有這麼好的手藝。」

「這不是老闆娘的手藝，是王老闆的手藝。」

金七兩用一種很曖昧的眼神看著陸小鳳：「而且他好像什麼都吃。」

陸小鳳只有把眼睛盯著雞了。

金七兩看著他，本來好像已經快要笑了出來，卻偏偏故意嘆了口氣。

「別人在他店裡，偷他一個雞蛋他都看得清清楚楚，偷他老婆他卻看不見。」金七兩說：

「你知不知道這個鎮上有一句很流行的俏皮話？」

陸小鳳雖然想暫時變成個聾子，卻又不能不搭腔。

「什麼話？」

「趙瞎子有一雙什麼都能看得見的賊眼，王大眼卻是個睜眼瞎子。」

金七兩又故意大笑，就好像他剛剛說的是個天底下最大的笑話，只可惜，他沒有笑多久就笑不出了，因爲陸小鳳已經用一隻雞腿堵住了他的嘴巴。

只要一談到老闆娘，陸小鳳就希望能趕快改變話題，想不到這次把話題轉開的卻不是他，而是金七兩。

「陸小鳳，我老實告訴你，我們見面的次數雖然不多，可是我一直把你當作我的朋友。」金七兩說：「就算你不把我當朋友，我也要把你當朋友。」

他的酒量好像並不太高明，喝了幾杯酒之後，彷彿已經有了一點酒意。

「我知道你一定覺得很奇怪，奇怪我爲什麼會逃亡到這裡來。」金七兩說：「天下之大，我金七兩什麼地方不可以去，什麼地方沒有把我當貴賓一樣看待的大闊佬？我爲什麼要到這裡來投奔那個狂妄自大、死要面子的活土狗？」

幾杯老酒下肚，一股豪氣上湧，大老闆忽然間就變成了活土狗，這種話陸小鳳也聽得多了，這種事陸小鳳也看得多了。

可是對金七兩剛才提出的那個問題，他還是很有興趣，所以他忍不住要問：「那麼你爲什麼要到這裡來？」

「爲了一條蛇，一條比赤練蛇還要毒一百倍的毒蛇。」金七兩說。

這條蛇雖然不會真的是一條蛇，這個世界上根本就沒有任何一種毒蛇，能比赤練蛇更毒一百倍，所以陸小鳳立刻就想到了：「你說的這條蛇，大概不是一條蛇，而是一個人。」

陸小鳳說：「你說的這個人，大概就是蛇郎君。」

四

蛇郎君的年紀應該不小了，二十五年前，南七北六十三省聯營鏢局的總鏢頭「穩如泰山」孔泰山就已經發出武林帖追捕他，而且「格殺勿論」。

這件事是江湖中每個人都知道的。

但大家都不知道的是，孔老總爲什麼會對一個當時還是剛出道的年輕人如此發火？

可是大家都相信像孔老總這樣的人，做事絕不會沒有理由的，不管誰能做到「老總」，做事都一定有他的理由，他要殺蛇郎君，一定是因爲蛇郎君該死極了。

「這個人不但比蛇還毒，而且比蛇還滑，我盯他已經盯了七八個月，直到最近才聽人說他在這條路上出現過。」金七兩說：「我也聽說這地方有位沙大老闆，只要是在江湖上有點名頭的朋友，只要到這裡來了，不管他身上揹著多大的案子，沙大老闆都一概收留。」

「所以你就認定那條蛇一定在沙大戶那裡避仇？」

「無論誰都會這麼想的。」金七兩說：「你大概也會認爲，你要找的那一男一女，一定都是沙大老闆收留的亡命客。」

「不錯。」

「可是你錯了。」

陸小鳳立刻問：「你怎麼知道我錯了，你怎麼知道我要找的人不在那些亡命客之中？」

「因爲他們都認爲我真的殺了小小田，都認爲田八太爺非要我的命不可，所以什麼事都不避我。」金七兩說：「他們已經把我看成他們的同類，誰也沒想到那只不過是個幌子而已。」

你要殺的是王八，就得把自己先變成王八，你要混入一堆烏龜裡去刺探他們的秘密，當然也得把自己先變成烏龜。

「沙大老闆總是喜歡很神秘的告訴別人，他家裡窩藏著多少個亡命江湖的大盜，偶爾還會假裝不小心的透露出幾個名字來。」金七兩說：「他說出來的名字，的確都是轟動過一時的。」

他說：「看見別人聽到這些名字之後的反應，沙大老闆總是會覺得愉快的。」

陸小鳳笑了。

「能夠把幾個聲名赫赫的江洋大盜，窩藏在家裡，倒真的是件很過癮的事。」陸小鳳說：「不但他自己覺得過癮，別人也會覺得他很有面子。」

金七兩嘆了口氣：「大老闆都是要面子的，只不過這位沙大老闆要得太過份了一點。」

「怎麼樣過份？」

「他要面子，已經要得快要沒有面子了。」

「爲什麼？」

「因爲他窩藏的那些大名鼎鼎的巨盜，全都是冒牌貨。」金七兩說：「這些人知道大老闆的脾氣，所以就投其所好，有的自稱爲橫行江淮間的某某某，有的打著殺人如麻的某某某的旗號。」

「其實呢？」

金七兩苦笑：「其實他們全都只不過是些下三流的小賊而已，非但沒有蛇郎君那一號的人物，連個像樣的角都沒有。」

他問陸小鳳：「在這一群胡說八道混吃混喝的小王八蛋裡面，怎麼會有你要找的人？」

陸小鳳愣住。

聽見這種事，他當然也會覺得很好笑，可是現在卻笑不出。

這些亡命客，本來是嫌疑最大的，也是他最主要的一條線索，現在線又斷了。

殺死柳乘風的兇手，好像已經完全消失，甚至好像根本就沒有存在過。

金七兩顯然很明白他的心情，舉起酒杯，自己先乾了一杯。

「陸小鳥，你用不著難過，要難過，我比你更難過。」他替陸小鳳倒酒：「看來我們都一樣，這一次都白跑了一趟，不如一起打道回府吧！」

陸小鳳忽然笑了：「這地方這麼好玩，我怎麼捨得走！」

這一次愣住的是金七兩。

「你說這地方好玩？」

「當然好玩。」陸小鳳說：「好玩極了。」

他說的不是假話。

愈危險愈刺激的事情愈好玩，愈不能解釋的問題愈能引起陸小鳳的興趣。

這本來就是陸小鳳的一貫作風。

可是他在說這句話的時候，恐怕連作夢都沒想到，他很快就會死在這裡。

這時候陸小鳳既不知道自己會死，也還沒有完全絕望。

「除了那一批冒牌大盜之外，別的人難道全都是土生土長在這裡的？」

「好像是的。」金七兩想了想又說：「好像只有一個人不是。」

「誰？誰不是？」

「宮素素。」

這是陸小鳳第一次聽見這個名字，這個名字無疑是個很高尚優雅美麗的名字，很能引發男人們的好奇心，任何人都不會把這個名字和一個賣豬肉的女人聯想在一起的。

所以陸小鳳立刻就問：「她是個什麼樣的人？」

「她是個女人，風度非常好，學識也非常好，見解很獨特，談吐也很優雅，而且琴棋書畫無一不精。」金七兩故意嘆了口氣：「她只有一點不好。」

「哪一點？」陸小鳳急著問。

「她喜歡喝酒。」金七兩慢吞吞的說：「有一次我親眼看見她一頓飯喝了一罈蓮花白，喝完了之後，面不改色。」

他又壓低聲音，很神秘的告訴陸小鳳：「如果你要問我，像這麼樣一個人，怎麼能在這種地方待得下去？」金七兩說：「那麼我告訴你，她並不是自己要到這裡來的，而是想走卻走不了。」

「爲什麼？」

金七兩的聲音壓得更低：「因爲她本來是當朝一位親貴王爺的愛妃，因爲犯事坐罪，觸怒了王爺，才被放逐到這裡來的。」

陸小鳳的四條眉毛，又開始往下垂了，嘆著氣說：「我知道，我知道你是在害我。」

「我在害你？」金七兩好像受了很大的委屈：「我怎麼會害你？」

「你明明曉得我聽到這個地方有這麼樣一個女人，如果不見她一面，連覺也睡不著的。」陸小鳳說：「現在你叫我怎麼辦？」

「怎麼辦？好辦極了。」金七兩說：「你要見她，我就帶你去，而且還要叫她請你喝酒。」

他們走出雜貨店的時候，老闆娘的臉色看起來就好像是塊鐵板一樣，冷冷的瞅著陸小鳳，又好像恨不得要把他活活的掐死。

陸小鳳連看都不敢看她。

七　九天仙子下凡塵

一

竹籬柴扉，半院梅花，從梅花竹籬間看過去，可以隱約看到三、兩楹木屋。

在陸小鳳想像中，一位王妃縱然被謫，住的地方也應該比這裡有氣派得多。

這位王妃顯然不是個講究排場的人，也不像沙大老闆那樣死要面子，她只要過得平靜舒服，就已經心滿意足了。

所以陸小鳳還沒有見到她，就已經對她非常有好感了。

——一位被放逐的王妃，一身梅花般的冰肌玉骨，一段無人可知的往事，一個永難忘懷的舊夢，多麼神秘，多麼浪漫。

陸小鳳不醉也彷彿醉了，金七兩一直在留意看他臉上的表情，忽然嘆了口氣：「我現在才發覺我根本就不應該帶你來的。」金七兩說。

「爲什麼？」

「我真怕你看見她的時候會失態。」金七兩說：「在她那種人的面前，你只要說錯了一句話，就害死人了。」

陸小鳳拍了拍他的肩：「你用不著擔心，什麼樣的人我沒見過？」

金七兩卻還是不放心，還是在嘆氣。

「我也知道你見過不少人，各式各樣的人你都見過，只可惜你現在要去見的根本不是一個人。」

「不是人，是什麼？」

「是九天仙子被謫落凡塵。」

二

門簷下有一串鈴，鈴聲響了很久，才有人來應門。

應門的不是童子，是老嫗，滿頭白髮蒼蒼，整個人都已乾掉了，嘴裡的牙齒剩下來的最多只有三五顆。

金七兩卻還是很恭敬地對她行禮，很客氣的說：「老婆婆，我姓金，我以前來過，我想你一定還記得我，上次也是你替我開門的。」

老太婆瞇著眼睛看著他，也不知道是不是還記得他這麼樣一個人，也不知道有沒有聽清楚他的話，甚至連是不是已經看見這個人都不一定。

金七兩卻好像跟她很熟的樣子，扳著陸小鳳的肩膀，對她說：「這是我的朋友，他叫陸小鳳，我是帶他來見你們宮主的。」金七兩說：「麻煩你去告訴你們的宮主，一定要請他好好的吃一頓，好好的喝幾杯酒。」

應門的老太太還是一臉茫然不知所措的樣子，金七兩卻好像已經大功告成了。

他居然對陸小鳳說：「陸小鳥，你多多保重，萬事留心，我們後會有期。」

陸小鳳好像忽然被人用一把錐子在屁股上刺了一下，整個人都好像要跳了起來。

「你的意思是不是說，你現在就要走了？」他問金七兩。

「是的。」

「你現在怎麼可以走？」

「我現在爲什麼不可以走？」金七兩理直氣壯：「你要見宮素素，現在我已經把你帶來了，而且已經叫她請你吃飯、喝酒。」

他說：「我已經把答應過你的事全都做到了，此時不走，更待何時？」

他真的說走就走，走得還真快。

老太太還是苦著臉瞇著眼擋在門口，連一點讓陸小鳳進去的意思都沒有。

如果擋住門的是一條身高八尺孔武有力的彪形大漢，陸小鳳至少有八百種法子可以對付他，可是對一個連牙齒都快掉光的老太太，陸小鳳就連一點法子都沒有了。

這個老太婆看樣子已經是下定決心，不讓陸小鳳進去了，金七兩的話她不是沒有聽見，就是全部被她當作在放屁。

陸小鳳明白這一點。

在這種情況下，每一個識相的男人都應該趕快走的，陸小鳳不是不識相，只不過天生是個不到黃河心不死的人。

而且他自認爲是個對付女人的專家，女人只要一見到他，就會變得好像豬八戒吃了人參果一樣，暈陶陶的，連東南西北都分不出了，從八歲到八十歲的女人都一樣。

現在他打起了精神，準備好去對付這個老太婆，心裡也已有了成竹在胸。

——要對付老太婆，最好的法子就是把她當成一個小女孩，就正如你在一個小女孩面前，千萬不能說她還沒有長大。

他當然也早已編好了一套說詞，只可惜連開頭都還沒有說出來，就被人打斷了。

從老太婆的肩膀上看過去，他忽然發現有個人正站在花徑的盡頭狠狠的瞪著他。

這個人是個女人，年紀大概已經有廿六、七歲，以某一種標準看，她的年紀已經不算小了，距離青春玉女的標準已很遠。

可是陸小鳳確信，這個女人就算在十五、六歲的時候也絕不會有人把她看作青春玉女的，因爲她天生就帶著種老裡老氣的樣子，一張臉總是繃著的，好像天下的人都欠了她的錢沒有還。

陸小鳳平生最怕的就是這種女人，只要一看見她們就會變得頭大如斗。

這個女人卻還是在拚命的盯著他看，從頭看到腳，從腳看到頭，一雙又黑又亮的眼睛就像是剛從冰窯裡掏出來的兩粒煤球。

「喂，你這個人，你是來幹什麼的？」她問陸小鳳，說的一口京片子，居然很好聽。

陸小鳳已經被她看得頭皮發炸，卻又不能不回答：「我是專程來拜見宮主的，我有個朋友說宮主一定會見我。」

「你那個朋友是什麼東西？你又是什麼東西？憑什麼闖到這裡來？」

「我不是東西，我是個人。」陸小鳳嘆了口氣：「這句話我已經不知道跟別人說過多少次了，別人爲什麼總是看不出這一點？」

「幸好我早就看出來了。」

「看出了什麼？」

「看出你根本就不是個東西，所以你最好還是趕快走遠一點，免得我生氣。」

「我本來是要走的，如果你是宮主，我早就走了。」陸小鳳很愉快的微笑著：「幸好我也早就看出來了。」

「你又看出了什麼？」

「看出你不是宮主。」陸小鳳說：「你全身上下連一點宮主的樣子都沒有。」

這個女人一張平平板板冷冷淡淡的臉居然被氣紅了，眼睛裡也射出了怒火，就好像煤球已經被點著。

陸小鳳卻還是要氣她。

「其實我並不怪你，你雖然一直在跟我大吼大叫，亂發脾氣，我也可以原諒你。」陸小鳳的聲音裡真的好像充滿了諒解與同情：「因爲我知道一個女人到了你這樣的年紀還嫁不出去，火氣總是難免特別大的。」

如果陸小鳳的反應稍微慢一點，這句話就是他這一生中說的最後一句話了。

一把一尺三寸長的短刀，差一點就刺穿他的心臟。

這把刀來得真快，甚至比陸小鳳想像中還要快得多。

那個已經被陸小鳳氣得半死的女人，本來一直都站在丈餘外的花徑上，忽然間就到了陸小鳳面前，手裡忽然間就多了一把刀，刀鋒忽然間就已到了陸小鳳的心口。

她用刀的手法不但快，而且怪，出手的部位也非常詭異奇特。

這一刀實在很少有人躲得過，所以陸小鳳根本連躲都沒有躲。

他只不過伸出兩根手指來輕輕一夾——

陸小鳳的這兩根手指，究竟是兩根什麼樣的手指？是不是曾經被神靈降福妖魔詛咒過？手指上是不是有某種不可思議的魔力？

可是江湖中每個人都知道，這兩根手指的價值遠比和它同樣體積的鑽石更貴十倍，據說曾經有人願意花五十萬兩來買他這兩根手指。

因為他只要伸出這兩根手指來輕輕一夾，世界上絕沒有他夾不住的東西，就算是快如閃電般的刀鋒也一樣會被他夾住。

據說他的這兩根手指已經完全和他的心意相通，已經不知道夾斷過多少武林絕頂高手掌中的殺人利器，已經不知道救過他多少次了。

這一次當然也不例外。

三

這一次刀鋒當然也被夾住了。

用刀的女人明明看到她手裡的刀已將刺入陸小鳳的心臟，她對自己的刀法和速度，她一向極有信心，這一刀本來就不會失手的。

可是這一刀偏偏刺不出去了，就好像忽然刺進了一塊石頭，忽然被卡住。

然後她的臉就變成蒼白色的了。

她永遠也想不到她這一刀能被人用兩根手指夾住，而且在一刹那間就被人夾住。

這種事本來是絕不可能發生的。

她用力抽刀，抽不出，她用力往前刺，也刺不進分毫。

這把刀簡直就好像在陸小鳳的手指裡生了根。

她用腳去踢，踢的時候肩不動眼不瞬，踢前毫無徵兆，用的居然是極難練成的「無影腳」。

於是她的腳立刻就到了陸小鳳的手裡。

她是天足，沒有纏腳，她穿的是一雙皮膚一樣輕軟的軟緞繡鞋，如果被一個人緊緊握在手裡，那種感覺就好像是赤著腳的一樣。

於是她蒼白的臉又變成粉紅色的了，連呼吸都變得好像有點急促起來。

陸小鳳忽然覺得她沒有剛才那麼難看那麼討厭了，甚至已開始覺得她有一點嫵媚，有一點動人。

她的口氣卻還是兇巴巴的。

「你想幹什麼？」她問陸小鳳。

「我什麼都不想幹。」

「你爲什麼要抓住我的腳？」

「因爲你要踢我。」

「你放開。」

「我不能放開。」

「爲什麼？」

「因爲我不想被你一腳踢死。」

旁邊那個老掉牙的老太婆一直在笑瞇瞇的看著他們，就好像在看戲一樣，陸小鳳本來以爲她是個啞巴，想不到這時候她卻忽然笑瞇瞇問他：「你不能放開她的腳，難道你想就這麼樣把她的腳握在手裡，握一輩子？」

粉紅色的臉更紅了，心跳得更快，本來不好看的人愈來愈好看。

就在這時候，花木深處的小屋裡，忽有人說：「宮萍，你不要再跟陸公子胡鬧了，還是快請他進來吧！」

說話的聲音不但高貴優雅，而且溫柔甜蜜，說話的是個什麼樣的人，已可想而知。

陸小鳳的臉彷彿也有點紅了起來。

把一個大姑娘的腳緊緊的捉在手裡，不管在任何情形下，都不是個君子應該做出來的事。

那個沒有牙的老太婆卻偏偏又在這時候笑瞇瞇的對他說：「小伙子，如果我是你，我是絕不會鬆手的，我保證只要你的手一鬆開，你的肚子馬上就會被人踢一腳。」

陸小鳳的手還是鬆開了。

對他來說，肚子上被人踢一腳並沒有什麼關係，就算踢上個七八腳也不會死，被一個又高貴又美又會喝酒的女人看不起，那才會死人。

老太婆看著他，笑眼旁的皺紋更深：「陸小鳳，你果然不是東西，現在連我這個已經老得快瞎了眼的老太婆都看出來了。」

宮萍非但沒有把她的腳踢到陸小鳳的肚子上去，而且彷彿連看都不敢去看他一眼，只是低著頭往前走，替他帶路。

陸小鳳就在後面跟著。

這個世界上有兩種女人，一種女人走路的時候就好像一塊棺材板在移動一樣，另外一種女人走起路來腰肢扭動得就像是一朵在風中搖曳生姿的鮮花。

宮萍是屬於第二種的，可是她又偏偏要控制著自己，故意做出很死板的樣子來，決不讓自己腰肢以下的部份有一點擺動，絕不讓跟在她後面走的人看見。

只可惜一個人的體態是無論用什麼方法都掩飾不了的，無論任何人都沒有法子把一塊棺材板變成一朵花，也沒有任何人能讓一朵花變得像是一塊棺材板。

這使得跟在她身後的陸小鳳愉快極了，自從來到這個鳥不生蛋的小鎮後，他的心情從未如此愉快過。

可是等到他看見宮素素的時候，他的感覺卻比真的被人在肚子上踢了一腳還難受。

屋子裡沒有花也沒有燃香，卻帶著種深山中樹木剛剛被鋸開時那種特有的清馨芬芳。

一個穿著一件紫羅蘭長袍的女人，背對著門，站在一幅「秋狩行獵圖」前。

畫上畫的是一位王者，騎在一匹高大神駿的白馬上，弓在手，箭在壺，鷹在肩，扈從在馬後追隨吶喊，獵犬在馬旁跳躍吼叫。

晴空萬里，天高氣爽，王者的意氣風發，流動在紙上。

看畫人的身子卻單薄如紙。

陸小鳳心裡在嘆息。

他當然已經猜出畫上的王者是誰，看畫的人當然就是他一心想見的宮素素。

這兩個人，一個人在畫中，一個人在夢中。舊夢如煙，纏綿如昨，情仇糾結，愛恨交併，畫中人縱能忘懷，卻叫看畫的人怎生奈何？

陸小鳳忽然覺得自己實在不該在這種時候來打攪她的，卻又偏偏忍不住想要見她一面。

這種感覺使得他恨不得重重的給自己兩個大耳光。

等到她轉過身來的時候，陸小鳳心裡只有一種感覺了。覺得自己實在是隻不折不扣的傻鳥。

這位宮主絕不是他要來找的人。

她的頭髮雖然依舊烏黑光亮，身材雖然依舊保持得很好，風姿也依舊還是那麼高貴優雅，可是年華早已逝去多時。

她的年紀已經足夠做陸小鳳的母親。

像這麼樣一個女人，無論誰都不會把她和一件兇殺案聯想到一起的。

陸小鳳卻糊裡糊塗的就闖到這裡來了，而且一定要見她，如果見不到好像就會死一樣。

現在陸小鳳卻連看她一眼的勇氣都沒有了。

宮素素卻在看著他，帶著種非常高雅的微笑。

「陸公子，我們素昧平生，從無來往，你一定要見我，是不是有什麼特別的事？」

「沒有。」陸小鳳趕緊說：「連一點特別的事都沒有。」

「那麼你是爲了什麼一定要見我？」

陸小鳳苦笑。

他心裡在問自己——你這隻傻鳥，你究竟想要來幹什麼？

他當然不能告訴別人，他只被「一個朋友」騙來的，更不能說他到這裡來是爲了調查一件兇案的線索，有時候他甚至連謊話都不會說。

他只能傻傻的站在那裡，看起來就像是個剛做錯事就被老師抓住的小孩。

宮素素的眼神中忽然充滿了同情和了解。

「我明白你的感覺，現在你心裡一定覺得很失望，因爲你一定想不到我已經這麼老了。」她異常溫柔的笑了笑：「年紀大了的女人，就和走了味的酒一樣，陸公子都不會有興趣的。」

現在陸小鳳簡直恨不得挖個地洞鑽進去了，或者找個沒人的地方，用力把自己的腦袋去撞牆。

這時候金七兩如果也在附近，一定會被他用一根很長的繩子吊起來，活活吊死爲止。

宮素素又帶著笑說：「只不過陸公子的大名，我也是久仰的，你既然來了，我也想留你喝杯酒。」她說：「可是我也知道，這頓酒你一定會喝得很難受。」

她實在是個很了解男人的女人，而且非常溫柔，這樣的女人本來就不多，現在更愈來愈少。

陸小鳳忽然抬起頭看著她，很吃力的說：「我很想說幾句話，卻不知道是不是應該說出來。」

「你說。」

「不管你的年紀有多大，你都是我這一生中所見到的最溫柔最可愛的女人。」陸小鳳看著她：「這是實話，不知道你信不信。」

「我當然相信。」宮素素說。

她忽又嫣然一笑：「就算你說這些話只不過爲了要安慰我，我也寧可相信它是真的。」

陸小鳳也笑了，笑容又恢復了他那種獨特的愉快和明朗。

「我也希望宮主剛才說的是真話，是真的想留下我來喝杯酒。」

「如果是真的呢？」

「那麼我就希望宮主說的不是一杯酒了。」陸小鳳說：「能夠和宮主這樣的美人喝酒，我最少也要喝上個三五百杯。」

宮素素的笑靨上居然彷彿露出了一種少女的紅暈，連眼神都彷彿變得更明亮！

「難怪別人都說陸小鳳是個可愛的男人，連我這個老太婆看見都喜歡，何況那些小姑娘。」

少。

喝酒無疑是件很愉快的事，所以這個世界上永遠都有人喝酒，而且不見得會比不喝酒的人

喝酒的人又可以分成兩種。

有種人一喝就醉，一醉就吐，滿嘴胡說八道，滿地亂爬，光著屁股滿屋子亂跑，甚至放火燒房子，什麼事都能做得出。

有種人卻不太容易醉，就算醉了別人也看不出，不管喝了多少，非但不吐不鬧不發酒瘋，而且面不改色，有時候喝了一點酒之後，比不喝時還清醒得多，連反應都變得比平時快得多。

陸小鳳就是這種人。

他自己也不否認，剛到這裡來的時候，他的頭腦確實有點不太清楚。

——價值連城的波斯寶刀、撲朔迷離的兇殺案，再加上一位充滿了浪漫傳奇的被黜王妃，他腦袋裡就好像被一盆七葷八素的大雜燴塞得滿滿的，一直等到他一口氣灌下七、八杯竹葉青之後，才把這些亂七八糟的東西沖乾淨。

他的思想忽然間就變得清醒了起來，有些他剛才根本沒有注意到的事，忽然又在他腦中重現，而且忽然都變得非常重要。

他首先想到的就是宮萍的腳和腿。

他握住她的腳時，就已感覺到她腿上傳過來的彈性、勁力和肌肉的躍動。

那時候他就應該聯想到紫色長裙下那一雙修長而結實的腿。

那時候他就應該想法子看看宮萍的腿。

第一次見到一個女人，就要看她的腿，雖然太過份一點，可是爲了一個好朋友的死，再過份一點的事都可以原諒的。

陸小鳳又想到了宮素素的聲音。

她的聲音溫柔優雅，只有一個極有教養的名門淑女，聲音才會如此動人。

陸小鳳第一次聽到她的聲音，還在院子裡的花徑上，她的聲音卻是從木屋裡傳出去的。

——「宮萍，你不要再跟陸公子胡鬧了，還是快請他進來吧。」

那時候他們還沒有見面，她怎麼知道外面來的是陸小鳳？

小屋與花徑還有段距離，溫柔甜蜜的聲音絕不會是大喊大叫出來的。

可是她輕輕的說出來，陸小鳳遠遠的聽在耳裡，每個字都聽得很清楚，說話的人彷彿就在他身邊一樣。

陸小鳳忽然發現那個不是朋友的朋友騙他到這裡來，並不是完全沒有理由的。

有時候喝一點酒雖然能讓人變得更清醒敏銳，只可惜這個時候並不多。

喝酒喝到這種時候，距離喝醉時通常已不會太遠。有時明明覺得自己還清醒得像韓信一樣，用兵如神，料敵必中，可是忽然間他就又醉得連自己都不知道自己在胡說八道些什麼。

陸小鳳情況好像就是這樣子的。

宮萍一直在宮素素身邊伺候，陸小鳳一直在盯著她的腿，宮萍被他看得臉都氣白了，陸小鳳卻還是在賊忒嘻嘻的看著她直笑。

「萍姑娘，我猜你穿裙子的時候一定比穿褲子好看，連裙子都不穿的時候一定更好看。」

這是什麼狗屁話？

宮萍忽然出手，從纏腰的絲帶中，抽出了一柄用極品緬鐵打造成的刀，迎風一抖，刀花錯落，直刺陸小鳳的眼。

有很多人都認爲陸小鳳的這雙眼睛實在是應該被刺瞎的。

如果他瞎了，就沒法子再去用他那兩根活見鬼的手指頭去夾別人的武器了。

如果他瞎了，有很多人的秘密都可以保全，他們那些不願被人看到的東西，他也沒法子看見。

只可惜人生不如意事十常八九，老天做的事通常都不會盡如人願。

所以陸小鳳還沒有瞎。

所以他看見了宮萍拔刀時從腰帶裡跌下的一塊玉珮。

看見了這塊玉珮，他的臉色立刻就變得像是真的被人刺中了一刀，而且正刺在要害上。

刀鋒才只有七寸七分長的短刀，使用的方法和匕首是差不多的，招式變化得極快，出手極兇險，這本來就是使用短兵刃的原則。

宮萍反把握刀，以拇指扣刀環，一刺不中，刀鋒橫挑，再劃陸小鳳的臉。

看她手法的變化之快，要在別人臉上劃出一個「×」，似乎容易得很，要一刀刺入別人的心臟，也絕不是件太困難的事。

看她出手時那種狠毒老辣，絲毫沒有猶豫，這種事以前絕不是沒有發生過。

只可惜這一次她這一刀居然劃不出去了，甚至想再移動半寸都不可能。

因爲她的刀忽然間又被兩根手指夾住。

她一直都在提防著陸小鳳的這兩根手指，有了上一次的教訓，她自信這一次絕不會再重蹈覆轍。

可是也不知道是爲了什麼緣故，這兩根手指忽然間又憑空冒了出來，夾住了她的刀，就好像忽然從空氣中長出手的一樣。

更糟糕的是，這一次陸小鳳對她沒有上一次那麼客氣了。

他以右手的拇指和食指夾住了刀尖，左手已掐住了她的脖子。

他的腳也在這同一刹那間踩住了她的腳，一下子就把她制得死死的。

宮萍氣得眼睛裡都好像要冒出火來，卻又偏偏一動都不能動。

宮主在嘆氣了。

「陸公子，我一直聽說你是個最懂得憐香惜玉的人，可是現在看你的樣子卻實在不值得恭維。」她嘆著氣說：「你實在令人失望。」

陸小鳳也嘆了口氣：「老實說，連我自己都對我自己覺得有點失望。」

「依我看來，一個挑糞的，對女孩子的態度都要比你好一點。」

「依我看來，大概還不止好一點，至少也要好七、八、九十點。」

「那你爲什麼這樣做呢？」宮素素問：「你是不是喝醉了？」

「我沒有醉。」陸小鳳一本正經的說：「我可以保證，我比世上任何一個挑糞的都要清醒

七、八、九十倍。」

「你這樣做，究竟想幹什麼？」

陸小鳳歪著嘴笑了笑：「其實我也不想幹什麼，只不過想請她的褲子暫時離開一下，好讓我看看她的腿。」

這是什麼狗屁話，簡直比天下最臭的狗屁還要臭七、八、九十倍。

這個人是不是瘋子？

他沒有瘋，快要被氣瘋的是宮萍。

宮素素用一種非常吃驚的眼色看著他，從頭到腳看了半天，才嘆著氣說。

「現在我總算知道這是怎麼回事了。」

「哦？」

「陸小鳳是絕對不會做出這種事來的，你卻做了出來，所以你根本就不是陸小鳳。」

「我不是陸小鳳？我是什麼玩意呢？」

「你也不是什麼玩意兒。」宮素素淡淡的說：「你只不過是個花癡而已。」

她說：「如果有一個女人是花癡，男人也許會特別喜歡，男人是花癡就不一樣了，女人看見男花癡，只有用一種法子對付他。」

陸小鳳居然還裝著很有興趣的樣子問：「什麼法子？」宮主一個字一個字的說：「就是這種法子。」

這句話只有六個字，等到這六個字說完，已經有五樣東西往陸小鳳身上打了過去。

──一對筷子，一個酒杯，一個小醬油碟子，和一個裝湯的大海碗。

碗是最先飛過去的，因爲碗裡還有大半碗冬筍燉雞湯，湯碗飛出，湯水飛濺，就算沒有濺到陸小鳳的眼睛上，也可以擋住他的視線。後面接連而來的攻擊，他就看不清楚了。

這一招八股文的「破題」，沒有學問的人是破不了這個題的。

然後酒杯飛出去，飛出去的時候一個杯子已經碎成了七、八十片，就像是七、八十件形狀不規則的、有稜有角的鋒銳暗器。

兩枝筷子如飛釘，一枝釘陸小鳳捏刀尖的手，一枝釘他的腰眼。

旋轉著飛出去的醬油碟還在半空中旋轉不停，誰也看不出它攻擊的目標，究竟是陸小鳳身上的哪一處地方。

碟子是圓的，圓著旋轉，誰能看出它的方向？

陸小鳳果然沒有看錯，這位纖弱文秀的垂老王妃，果是一位身懷絕技的高手。

明明是在好幾丈之外說話，卻能讓聽的人覺得近在耳邊，這絕不是件普通人能夠做得到的事。

她這出手一擊，更不是普通人能夠做得到的。

明明是五樣吃飯用的普通用具，到了她手裡，就變成了殺人的利器，而且一出手，就把對方所有的退路完全封死。

一個因失寵獲罪而被謫的王妃，怎麼會有這一身可以在頃刻間殺人的絕技，出手怎麼會如此準確老到周密？

這是不是因爲她殺人的經驗遠比任何人想像中都豐富得多？

看她這一次出手，她以前殺人大概是很少會失手的，這一次她出手時當然也有把握。

每一個角度，每一種情況，她都已算得極準，只有一樣東西她沒有算

她沒有算雞湯。

人對雞湯的看法也許各有不同，雞湯對人卻是一律平等的。

雞湯裝在碗裡，你喝它是雞湯，別人去喝它，它也是雞湯。

雞湯灑出來，灑得人滿眼都是雞湯，固然可以擋住陸小鳳的視線，宮素素的視線也同樣會受到影響。

等到雞湯像滿天雨珠一顆顆落下來的時候，宮素素忽然發現陸小鳳已經不見了。

陸小鳳不見了還不要緊，連宮萍也不見了，甚至連剛才掉在桌子上的那塊玉珮也無影無蹤。

更要命的是陸小鳳一心要看的那兩條腿還在宮萍身上。

八　玉珮會不會跑

一

一個人要走的時候，有很多東西都可以不必帶走的，甚至連他的耳朵、鼻子、眼睛、手臂都可以留下，只有他的兩條腿卻非帶走不可。

沒有腿，怎麼能走？

這一次宮萍當然也把她的兩條腿帶走了，可是情形卻有點不一樣。

這次她沒有腿也一樣能走，因爲她是被陸小鳳抱走的。

陸小鳳當然不會留下她的這雙腿。

他甚至可以讓她把她身體上其餘的部份全部留下，可是這兩條腿卻非要帶走不可。

對某些女人來說，她的腿甚至比她的頭還要重要。

頭雖然是人身上最重要的一部份，頭上面雖然有腦有臉有眼睛有鼻子有嘴巴有耳朵。

可是在某些女人的觀念中，她全身最值得珍惜的地方卻不在頭上。

二

宮萍把她的兩條腿用力絞得緊緊的，她已經下定決心要保護這個地方，寧死也不容人侵犯，寧死也不讓她的褲子離開。

只可惜她自己也知道她能夠用出來的力氣已經不太多了。

因爲她在聽到她的宮主說「就是這種法子」這句話的時候，她已經發現她身上有四、五個雖然不足以致命卻可讓人很難受的穴道被陸小鳳制住。

——一個像她這樣的女人，忽然失去了反抗的力量，真是難受極了。

事實上，她在聽到「就是」這兩個字的時候，她已經被制住。

等到「這種法子」四個字說出來的時候，她的人已經在陸小鳳的肩上。

那時候的感覺就好像真的是坐在一隻飛舞翺翔於九天中的鳳凰上。

她曾經聽很多人說，江湖中輕功最好的人是天下第一神偷，隨時都可以化身無數的司空摘星，她也曾聽到更多人說，新近才崛起江湖的大雪山銀狐，在群山積雪中，施展出他的獨門輕功時，一瀉千里，瞬息無蹤，縱然飛仙也不過如此。

當然也有人說，武當的名宿木道人、遊戲江湖的老實和尚、眼盲心卻不盲的花滿樓，都有足以稱霸江湖的輕功絕技。

除了劍法已通神，已經根本不需要再施展輕功的西門吹雪外，江湖中最少有十三個人被認爲是輕功第一。

這些傳說當然不是沒有根據的。

可是現在宮萍才知道，這些她本來認爲很有根據的傳說，所根據的也只不過是一些傳說而已。

因為現在她已經知道輕功天下第一的人是誰了，而且是她親身體會感覺到的，不是聽別人的傳說。

陸小鳳在騰空飛越時，她的感覺簡直就好像在騰雲駕霧一般。

穿破紙窗，掠過小院，越出柴扉，宮萍的感覺一直都是這樣子的。

身體騰立時，那種因為驟然失去重心而引起的縹緲與虛幻，刀鋒般的冷風撲面吹來時，那種尖針般刺入骨髓的痛苦，都足以令人興奮的刺激。

一個本來對自己的力量充滿了信心的女人，忽然失去了所有的力量，像一隻綿羊入一個餓狼般的男人手裡，只有任憑他的擺佈。

這種情形當然是非常悲慘的，可是有時候卻又會把某一些女人刺激得令人全身發抖。

速度當然也是一種刺激。

在陸小鳳的肩上，在陸小鳳飛掠時，宮萍所體會到的每一種感覺，都是一種新奇的刺激，每一種刺激都可以讓人衝動，甚至可以讓一個最驕傲頑固保守的女人衝動。

每一種刺激都可以激發她身體裡那種最原始的慾望。

這種慾望通常都是女人最不願意讓人家知道的，甚至連她自己都不肯承認自己知道。

三

宮萍雖然用盡全力把自己的兩條腿夾緊，可是連她自己都可以感覺到她的全身都已虛脫。

她已經廿九歲了。

她已經是個非常成熟的女人，身體上每一個部位發育得非常良好，而且已經很懂事。

就是因爲這個緣故，所以她常常用最艱苦的方法來鍛鍊自己，使自己的體力消耗。

她當然還要在很冷的晚上洗冷水澡。

——一個二十九歲的女人，如果沒有男人，就算她白天很容易打發，可是一到了暮色漸臨，夜幕將垂時，她的日子還是很不好過的。

這種情況其實在一個女人十六歲的時候，就已經開始了，到了二十一歲的時候，是一個段落，到了二十九歲的時候，又是一個段落，到了三十五歲時，再成一段落，到了四十五歲時，就可以把所有的段落做一個結算了。

如果沒有知情識趣的男人，無論哪一個段落的女人都會覺得空虛痛苦的。

女人的心確實是很難摸得到的，的確就像是海底的針，不但男人的想法如此，女人們自己的想法大概也差不多。

宮萍自己也沒有想到自己會在這種時候想到這種事，她只覺得自己在一陣虛脫般的縹緲神思間，做了一個她已經有很久沒有做過的夢。

等她清醒時，她就發現陸小鳳正在用一種非常奇怪的眼神看著她。

她忽然發現自己的臉在發熱。

陸小鳳笑了，笑得甚至有點邪氣，宮萍的臉更熱，心跳也加快。

——這個壞人是不是已經看出了我心裡在想什麼？

讓她更耽心的是，這個壞人究竟想對她怎麼樣？

「宮姑娘，如果你認爲我會對你有什麼不規矩的行爲，那麼你就想錯了。」陸小鳳微笑著道：「你一定要相信我，我一向是個非常規矩的人。」

宮萍本來已經下定決心不跟這個壞人說話了，卻又偏偏忍不住。

「如果你真的是個規矩人，爲什麼要把我綁到這裡來？」

這裡實在是個很曖昧的地方，四下都看不見人，光線又非常暗。

一個男人如果要欺負一個女人，這種地方是再好也沒有了。

在這種情況下，無論什麼樣的女人都會覺得很害怕的。

如果真的只不過是害怕而已，那也沒什麼，奇怪的是，除了害怕之外，還覺得有點興奮刺激。

只有一個非常了解女人的男人，才會了解這種情況是多麼有趣。

所以陸小鳳又笑了。

「宮姑娘，我第一眼看到你的時候，覺得你實在不怎麼樣，可是我每多看你一眼，都會覺得你和上次我看你的時候有點不同，看的次數愈多，愈覺得你可愛。」陸小鳳說：「我相信，柳先生的看法一定也跟我一樣。」

「柳先生是什麼人？」

「柳先生現在雖然只不過是個死人而已，可是他活著的時候，卻是個很了不起的人。」陸小鳳說。

「他有多了不起？」

「至少他絕不會被人迎面一刀刺殺在暗巷中，除非這個人是他很喜歡的人。」陸小鳳說：「甚至已經喜歡到可以把他隨身佩帶的玉珮都送給她。」

「你說的這個『她』，好像是在說一個女人？」

「好像是的。」

「你說的這個女人，好像就是我？」

「好像是的。」

「你說的玉珮，好像就是剛才從我身上掉下來的那一塊？」

陸小鳳嘆了口氣：「宮姑娘，不是我恭維你，你實在比我想像中聰明得多。」

宮萍也嘆了口氣：「陸少爺，不是我不肯恭維你，你實在比我想像中笨得多。」

情慾的幻想是很容易消失冷卻的，因爲它總是來得很快，所以去得也很快。

宮萍的態度和聲音都已經變得很冷靜。

「我知道你說的柳先生就是柳乘風，你一定以爲這塊玉珮是他送給我的，所以我和他之間的交情當然很密切，所以他才不會提防，所以我才能用我慣用的短刀將他刺殺於暗巷中。」

她問陸小鳳：「你是不是這麼想的？」

「是。」

「就因爲你這麼想，所以才會把我劫持到這裡，所以我才會發覺你是個笨蛋。」

「哦？」

「如果我真的殺了柳乘風，我怎麼會把他的玉珮放在身上？難道我生怕你不知道我就是殺死你朋友的兇手？」

陸小鳳說不出話來了。

宮萍說的話絕不是沒有道理的。

可是柳乘風隨身佩帶的這塊玉珮卻明明在她身上。

「好，我承認，我是個笨蛋，可是你能不能告訴我，這塊玉珮是怎麼樣會從柳乘風的身上跑到你身上來的呢？」

「又錯了。」宮萍用一種已經佔盡上風的口氣說：「玉珮怎麼會跑？」

陸小鳳苦笑，玉珮當然不會跑。「那麼他的玉珮怎麼會在你身上？」

「那當然是有道理的。」

「什麼道理？」

「玉珮既然不會跑，我又不會去偷，那麼它是從哪裡來的？」

宮萍說：「其實你應該明白的，只要你多想一想，一定會明白。」

「哦？」

「一個可愛的女人身上，常常都會有一些來歷不明的東西，那是爲了什麼呢？」

宮萍自己回答：「因爲有很多男人，雖然又孤寒又小氣，要他請朋友吃一頓飯，簡直就好像要他的命！可是碰到一個他喜歡的女人，那個女人就算要他的命，他也會給的。」

「我明白你的意思了。」陸小鳳說：「這塊玉珮一定是別人送給你的。」

「男人送女人東西，本來就是天經地義的事情。」宮萍冷冷淡淡的說：「我肯把他送的東西收下來，他已經高興得要命了。」

「對對對！對對對！這個世界上的確有很多男人都是這個樣子的。」陸小鳳說：「我只不過想知道把這塊玉珮送給你的男人是誰？」

「你不會知道他是誰的。」

「爲什麼？」

「因爲我不想告訴你。」

陸小鳳非但沒有一點要翻臉逼供的樣子，甚至連一點生氣的樣子都沒有。

「我明白你的意思了，你不想告訴我，只因爲你不願意，而且不高興。」他問宮萍：「對不對？」

「對。」

如果一個女人用這一類的話來拒絕一個男人，大多數男人都只有看著她乾瞪眼。

宮萍說：「天大的理由，也比不上高興兩個字。一個女人要是真的不高興去做一件事，誰也拿她沒法子。」

「你錯了。」陸小鳳說：「世上既然有這種不講理的女人，就有專門對付這種女人的男人。」

他很愉快的指著自己的鼻子微笑：「譬如說，我就是這種男人。」

宮萍冷笑。

「你？你能把我怎麼樣？」

「我當然也不能把你怎麼樣，最多也只不過能把你的褲子脫下來而已。」

這個法子已經是老套了，而且有點俗氣，可是用這種法子來對付女人，卻是萬試萬靈的，不管是什麼樣的女人都怕這一招。

宮萍臉色已經變了，卻還是故作鎮靜狀：「你用不著嚇我，我也不會被你嚇住的。」

「哦？」

「不管怎麼樣，你至少還是個要面子的人，怎麼做得出這種事？」

她一心想用話把陸小鳳穩住，想不到陸小鳳說出來的話好像比她還要有理得多。

「這種事有什麼不對？」他一本正經的問宮萍：「如果你是一個大夫，要看一個病人腿上的傷，你是不是要先把他的褲子脫下來？」

這個問題的答案當然是肯定的。

「我也一樣。」陸小鳳說：「如果我不把你的褲子脫下來，怎麼能看到你的腿？」

宮萍忍住氣，她要用很大的力量才能把氣忍住：「你是不是大夫？」她問陸小鳳。

「我不是。」

「你既然不是大夫，我的腿也沒有受傷，你憑什麼要看我的腿？」

陸小鳳微笑嘆氣搖頭，就好像剛聽見一個小孩子問了他一個非常幼稚的問題。

他反問宮萍：「剛才我有沒有說過一定要大夫才能看別人的腿？」

他沒有說過這種話，而且絕不會說。

「那麼我再問你，我有沒有說過一個人一定要等到受了傷之後才能讓別人看他的腿？」

這種話他也不會說的。

「所以你現在應該已經明白，一個男人如果要看女人的腿，根本不需要任何理由。」陸小鳳很愉快的說：「幸好我不是那種不講理的人。」

宮萍簡直已經快要被他氣瘋了，咬著牙狠狠的盯著他看了半天，還是忍不住要問：「好，那麼我問你，你有什麼理由？」

陸小鳳的態度忽然變得很嚴肅：「因爲我一定要找出殺死柳乘風的兇手，只可惜到現在爲止我只找到了兩條線索，這塊玉珮是其中之一，另外一條線索就是一雙女人的腿。」

他當然還要解釋：「爲了這件事，昨天我幾乎已經死了一次，死在一個女人的手裡。」陸小鳳說：「她的臉是易容改扮過的，讓人根本看不出她的本來面目，但卻在無意中，讓我看見了她的腿。」

「現在你還能認出那雙腿？」

「當然認得出。」陸小鳳說：「像那樣的腿，男人只要看過一眼就不會忘記，尤其是像我這種有經驗的男人。」

他的眼睛又開始盯在宮萍的腿上了，就好像這雙腿是完全赤裸的。

「你既然不肯告訴我玉珮的來歷，我只好看你的腿了。」他又問宮萍：「如果我不把你的褲子脫下來，怎麼能看到你的腿？」

宮萍不說話了，現在她已經明白這個瘋瘋癲癲的陸小鳳，既不是瘋子也沒有喝醉酒，既不是色情狂也不是在開玩笑，他說的是一件兇案，關係著一條人命，不但是一個地位非常重要的人，而且是他的好朋友。

一個像陸小鳳這樣的男人，在這種情況下，只要掌握到一點線索，就絕不會放手，陸小鳳一直在觀察著她臉上的表情，這時候才說：「如果你明白我的意思，那麼你就應該知道你的褲子是非脫下來不可的了。」

這一次宮萍居然沒有生氣，也沒有要翻臉的意思，反而說：「是的，我明白你的意思，如果你不是陸小鳳，我的褲子恐怕老早已經被脫下來了。」

陸小鳳愣住，彷彿還不相信這句話真的從這個女人嘴裡說出來。

宮萍當然也看得出他臉上的表情和剛才不同，所以又忍不住要問他：「你為什麼要用這種樣子看著我？」

「因為，我實在想不到你居然是個這麼講理的女人。」

宮萍嫣然一笑。

「女人並不是全都不講理的。」她告訴陸小鳳：「只要你說的真有道理，我絕對口服心服。」

「那就好極了，真的好極了。」

陸小鳳確實是覺得真的很愉快，在這個世界上能遇到一個真正講理的女人，實在是件很愉快的事。

所以他很真心的對宮萍說：「如果你能幫我找出殺死柳乘風的兇手，我永遠都會感激你。」

「我知道。」

陸小鳳當然立刻就要問：「你身上這塊玉珮是從哪裡來的？」

他作夢也想不到宮萍的回答還是和剛才完全一樣，還是說：「我不想告訴你，我也不能告訴你。」

陸小鳳叫了起來：「可是你剛剛還說過要幫我忙的。」

「不錯，我是說過，而且我一定會做到。」

「你要怎麼做？」

宮萍用一種和宮主同樣溫柔優美的聲音對陸小鳳說：「照現在這樣的情形看，我好像只能讓你把我的褲子脫下來。」

陸小鳳又愣住。

他忽然發現這個女人已經不是他第一眼看到的那個女人，在這段時候，她好像已經變了七八十次，有時變得很刁蠻，有時卻又很講理，有時像個老姑婆，有時像個小狐狸。

陸小鳳第一眼看到她的時候，只覺得這個女人連一點可以吸引他的地方都沒有，只覺得這個女人最大的長處就是修理男人，所以無論什麼樣的男人看到她，都應該趕緊快馬加鞭逃之夭夭。

可是現在陸小鳳的感覺也已經完全不同了。

一個女人如果能在很短的時間裡，把自己改變很多次，而且還能夠讓陸小鳳這樣的男人對她的感覺完全改變。

這個女人是個什麼樣的女人呢？

陸小鳳後來對他的朋友說：「你們都沒有看見過她，所以我可以保證，你們絕對猜不出她是什麼樣的女人。」

這個女人實在跟別的女人有點不一樣，也許還不止一點而已。

所以她居然又用一種彷彿是在替陸小鳳惋惜的口氣說：「陸小鳳，我知道你十年前就已名滿天下，除了你的輕功和你那兩根手指之外，你在女人這一方面的名氣也是非常大的。」

宮萍說：「因爲每個人都認爲你是一個非常了解女人的男人。」她嘆了口氣：「可是我現在知道，你對女人了解的程度，並不比一個十四歲的小男孩多多少。」

陸小鳳的四條眉毛看起來又有點不太對勁，就算用「吹鬍子瞪眼睛」這六個字來形容他現在的模樣，也絕不算過份。

他現在會變成這樣子，也不過份。

他這一輩子都沒有聽到過一個女人在他面前說這種話。

宮萍卻偏偏還要說下去：「我知道你一定不服氣的，身經百戰的陸小鳳，怎麼會不了解女人？」

她的聲音忽然又變得充滿同情：「可是你真的是不了解，我一點都不騙你，否則你絕不會對我做這種事的。」

陸小鳳也憋不住要問她了：「我對你做過什麼事？」

宮萍的話是任何一個男人都沒有辦法反駁的，她說：「我死也不肯的時候，你千方百計的要我相信你一定會脫我的褲子。」宮萍說：「我相信了，因爲我是個很講理的人，而且覺得你有道理。」

陸小鳳彷彿聽到自己含含糊糊的說了一聲：「我本來就很有道理。」

「所以現在我才會心甘情願的肯讓你脫了，你反而好像忘記了這回事。」

宮萍也學陸小鳳剛才那麼樣的搖頭微笑嘆氣：「你說，你這是什麼意思？」她問陸小鳳：「你有沒有想到過，這對女人來說，是一件多麼大的污辱？」

這句話也是任何男人都不能反駁的。

該做的不去做，不該做的反而偏偏要去做，這算是怎麼樣一回事？

一個女人當面對一個男人說出這種話，簡直就好像當面給他一個大耳光一樣。

奇怪的是，陸小鳳臉上的表情非但不像是挨一個大耳光，居然還好像覺得很高興。

「謝謝你。」他對宮萍說：「你真可愛，我真的非要謝謝你不可。」

宮萍又被他這種忽然改變的態度弄得莫名奇妙了，所以又忍不住要問：「你這是什麼意思？你爲什麼要謝謝我？」

「因爲你一直都在鼓勵我。」

「我鼓勵你？」宮萍說：「我鼓勵你什麼？」

「鼓勵我把你的腿從你的褲子裡面解救出來。」

這是什麼話?這種話說得簡直是「武大郎敲門，王八到家了。」

可是這句話的意思，卻又讓每一個人都聽得懂，而且不管怎麼樣說，這句話說得至少總比說「我要脫你的褲子」文雅一點。

能夠把一件很不文雅的事說得很文雅，也是種很大的學問。

「我本來確實不會做這種事的，連你都承認我是個很要面子的人。」陸小鳳說：「可是現在你既然一直都在鼓勵我，情況當然又不一樣了。」

他的手已經要開始做出那種「不一樣」的動作。

在這種不一樣的情況下，每個女人都會覺得有一點不一樣的。

——也許還不止一點而已。

這時候無疑已經到了一種很微妙又很危險的時候了，在這種情況下，無論什麼事都可能會發生。

只要是一個人所能想像出的事，都隨時可能會發生。

——你有沒有想像出在這種情況下會發生什麼樣的事?

如果你是一個很富於幻想力的人，那麼你所想到的事，一定會讓你覺得非常興奮非常衝動非常刺激。

可是我相信你絕沒有想到陸小鳳和宮萍此刻是在什麼地方。

因爲你根本不會去想。

像他們這樣兩個人，無論在什麼地方，都是一樣的。

無論在什麼地方，他們都一樣會做出同樣的事來。

所以地方根本是不重要的。

重要的是，他們究竟做出了什麼事？結果如何？

他們什麼事都沒有做，陸小鳳只不過碰到了宮萍的腰帶，就什麼事都不能再做了。

因爲就在那時候，他已經聽見有人在外面說：「她不能告訴你玉珮是誰送給她的，因爲把這塊玉珮送給她的人是我。」

「我」是誰？

「我相信你現在一定已經知道我是誰了？」這個人說：「就算你現在還沒看到我的人，你應該聽得出我的聲音來。」

陸小鳳不能否認，不管在任何情況下，他都能聽得出這個人的聲音。

因爲她的聲音之溫柔高貴優雅，男人只要聽過一次就忘不了，就像是那雙又長又直又結實又充滿彈力的腿一樣讓男人忘不了。

這個把柳乘風隨身所帶的玉珮送給宮萍的人，當然就是那位被謫的王妃。

——宮主只不過是一種稱呼而已，這裡有什麼宮？這種鳥不生蛋的地方會有什麼宮？沒有宮哪裡來的宮主？

可是王妃卻是實實在在的。

一個實實在在的王妃和一個浪跡天涯行蹤不定，身分又那麼神秘的柳乘風會有什麼關係？

如果他們絲毫沒有關係，柳乘風的玉珮怎麼會從她手裡送給了宮萍？

如果他們有關係，關係是怎麼來的？

誰也不知道這些問題的答案，只不過陸小鳳總算知道了一件事。

——宮萍死也不肯說出玉珮的來歷，只不過是爲了想要保護她的宮主而已。

她不想讓她的宮主被牽連到這件兇案裡，她們之間當然也有某一種很不一樣的關係。

這種關係究竟是什麼樣的關係，陸小鳳非但不會問，連想都不會想。

總是喜歡去揭發別人隱私的人，就好像一條總是喜歡吃大便的狗一樣，誰也不知道這些人總是喜歡去探聽人家的隱私，也正如誰都不知道狗總是要吃大便。

這種人和這種狗都是陸小鳳深惡痛絕的，所以他只問一件事：「這塊玉珮究竟是怎麼來的？」

他只問這一點，因爲這一點就是這件兇案最重要的關鍵。

宮素素並沒有拒絕回答這個問題，只不過她的回答也不是陸小鳳想不到的。

宮素素的回答，居然也和宮萍剛才說的一樣。

「一個女人身上，總是難免會有一些來歷不明的東西。」她說：「這些東西當然是男人送的。」

她甚至也和宮萍同樣強調：「男人送女人東西，本來就是天經地義的事，就連你這種男人，有時候都難免會送女人一點東西。」

他當然會送，不但有時候會送，而且常常會送，什麼都送。

只有一樣東西他絕不會送。

——死人的東西他絕不會送，尤其這個死人是死在他手裡的，如果把這種東西送給一個可愛的女人，不但無禮而且可恥。

如果把這種東西送給一個討厭的女人，那就愚蠢至極了。

這個世界上能保密的女人又有幾個？有經驗的男人都應該明白這一點，能夠殺死柳乘風的人當然不會沒有經驗。

如果這塊玉珮不是他送的，就是宮素素在說謊。

這道理就好像一加一等於二那麼簡單。

陸小鳳一向很少揭穿女人的謊話，可是他今天實在很想破例一次。

想不到宮素素說的話卻又堵住了他的嘴。

「哦？」

「其實就算你不問，我也應該告訴你，這塊玉珮是柳乘風自己送給我的。」宮素素說。

「他一到這裡，就已經知道我的來歷，那一天又恰巧是我的生日，所以他就送了一點禮給我，我也請他喝了一點酒。」

宮素素對陸小鳳笑了笑：「第一次到我這裡來的人，通常都會帶一點禮物來送給我的，好像還很少有人例外。」

陸小鳳非但說不出話，臉都紅了起來。

他非但沒有送禮還吃了別人一頓，而且還把別人家裡的人綁走，就算是個臉皮最厚的人，也會覺得有點不好意思的，幸好這時候有人替他解圍了，宮萍好像正想替他說幾句好話。

不幸的是，宮萍的話也沒有說出來，因爲就在這時候，窗外已經有十幾點寒光破窗而入，用不同的力量，在不同的方向，從不同的角度，分別打她身上不同的十幾處要害。

這些暗器的光澤和形狀也有分別。

這種情況卻和趙瞎子那天在他的棺材舖裡所遭遇到的幾乎完全一樣。

不同的是這次宮萍的處境更險。

她已經被制住，連動都不能動。

幸好他們的處境另外還有一點相同之處——他們身邊都有一個陸小鳳。

宮萍也知道陸小鳳絕不會眼看著她死的，可是連她自己都想不出陸小鳳有什麼法子救她？

她只聽見一陣很強勁的風聲從她身上捲過去，彷彿還看見了帶起陣勁風是一件形狀很奇怪的軟兵器，她非但沒有見過，連猜都猜不出。

她只知道這件兵器非常有用。

帶著極尖銳的破空聲，穿窗而入的暗器其中就有十三、四件被捲入這陣勁風，甚至很可能已經被這件奇形的軟兵器絞碎。

間。

剩下的還有三、兩件，只看見陸小鳳伸出兩根手指像夾蒼蠅般一夾，暗器就已到了他手指間。

然後她又聽見陸小鳳的冷笑：「果然又是棺材店的老把戲，玩的還是那幾樣破銅爛鐵。」

宮萍不笨，所以立刻問：「你知道暗算我的是誰？」

「大概知道一點。」

「是不是暗算趙瞎子的那兩個人？」

「大概是的。」

「你一直在追查他們的下落，既然他們這次又出現了，你爲什麼不追出去？」

宮萍這個問題問得非常合理，無論誰對這一點都會覺得很奇怪。

陸小鳳也應該有很好的理由回答，奇怪的是他只淡淡的說了一句：「反正我就算追出去也來不及了。」

這句話也可以算是一句很好的回答，但卻絕不像是從陸小鳳嘴裡說出來的。

陸小鳳絕不是這樣的人。

明明知道不可能做到的事，他偏偏要去做，這種事他也不知道做過多少回了。這一次是什麼原因阻止了他？

宮萍沒有再去追究這一點，忽然張大了眼睛，吃吃的說：「你……你手上拿著的是什麼？」

她當然已經看清陸小鳳手上拿著的是什麼，一個女人怎麼會認不出自己的腰帶？

陸小鳳卻好像忽然變成了一個笨蛋，居然還要解釋：「這是一條綢布帶子，是剛剛繫在你身上的。」

宮萍好像也忽然變成了一個笨蛋，居然好像還沒有想通剛才飛捲暗器的那件奇形軟兵刃就是這條腰帶，所以一張臉已經變得緋紅。

陸小鳳的臉居然也好像有點紅了起來。

不管怎麼樣，這條腰帶總是他剛剛從她身上解下來的。

不管是爲了什麼緣故，這件事畢竟還是發生了，這時候他們兩個人的心裡是什麼滋味？

想不到宮萍卻又偏偏在這個時候叫了起來，因爲她忽然發現屋子裡忽然少了一個人。

「宮主呢？」

「她好像已經走了。」

「什麼時候走的？」

「剛才。」

「剛才是什麼時候？」

「剛才就是……」陸小鳳看看手裡的腰帶：「就是那個時候。」

這個回答彷彿含糊，卻很明確——那個時候就是腰帶被解下的時候，也就是宮萍的生死存亡已經在一瞬間的時候。

「你看見她走的？」宮萍又問。

「嗯。」

「你知不知道她爲什麼要走?」

陸小鳳苦笑:「你怎麼會問我這句話?我怎麼會知道?」

宮萍輕輕的嘆了口氣。

「你當然不知道,可是我知道。」她看著陸小鳳,眼色忽然變得異樣溫柔,過了很久很久,才柔柔的說:「現在我什麼都知道了。」

宮萍究竟知道了什麼?

四

宮萍非但不笨,而且冰雪聰明,所以她知道的事居然比陸小鳳想像中還要多。

「你不去追暗算我的人,是因爲要保護我,不但怕他們再次出手,而且怕別人傷害我。」

「別人是誰?」陸小鳳問。

「別人當然就是這些年來一直待我很好的宮素素。」宮萍說:「至少我一直認爲她待我很好。」

「她怎麼會傷害你?」

宮萍又嘆了口氣。

「我知道你是故意這麼問我的。」她說。「你知道的應該比我多。」

陸小鳳既不承認,也不否認,所以宮萍只有自己接著說:「我本來也認爲她絕不會傷害我，可是現在……」

宮萍遲疑了很久才說：「現在我甚至懷疑，剛才暗算我的人，也跟她有關係，甚至很可能就是她買來的殺手。」

「你認爲她有理由要殺你？」

「有。」

「有什麼理由？」

「我是唯一知道是誰把這塊玉珮送給她的人。」宮萍說：「所以她要殺我滅口。」

只有死人才能夠保守秘密，自古以來，這就是人類殺人最強烈的動機之一。

陸小鳳還有一點疑問。

「既然她明知這塊玉珮很可能成爲兇案最重要的線索，她爲什麼要把它送給你？」

宮萍的回答明確而合理。

「第一，那時候她根本想不到有人會不遠千里到這裡來追查這件兇案，更想不到來的會是你。」

她說：「第二，因爲她知道這塊玉珮是從死人身上取下的，是件不祥之物，剛巧我看到的時候又很喜歡，所以她就樂得做這個順水人情。」

宮萍說：「從這一點，更可證明她不但知道這塊玉珮的來歷，而且和刺殺柳乘風的兇手，有非常密切的關係。」

現在只剩下一個問題了。

——這塊玉珮究竟是怎麼來的？

事情已經發展到這一步，這個問題當然很快就有了答案。

宮萍說：「這塊玉珮當然不是柳乘風自己送給她的，他至死都把這塊玉珮帶在身上。」

「那塊玉珮是誰送給她的？」

「是沙大戶。」

誰也想不到金七兩會是個很老實的人，可是陸小鳳第二次又證明了他說的都是老實話。

沙大老闆收容的那些超級惡棍，果然沒有一個是有用的，否則陸小鳳想要走入沙大老闆的寢處就不是件容易事了。

可是現在他卻進出自如，如入無人之境，就算他要睡到沙大老闆的床上去，都不會是一件困難的事。

可是我們的這位陸小鳳先生畢竟還是個君子，至少比大多數自命爲君子的人都要君子得多。

他至少還懂一點禮貌，至少還懂得要走進別人的私室之前，應該先敲門。

何況沙大老闆的臥房裡好像還有另外一個人的聲音——一個女人的喘息聲。

對於陸小鳳這種男人說來，這種喘息聲並不陌生。

對於沙大老闆這種男人說來，臥房裡本來就應該有這種喘息聲的，如果沒有才是怪事。

所以陸小鳳又站在外面等了半天，等到臥房裡的喘息聲停止，才開始敲門。

他才敲了兩下，沙大老闆就在裡面開罵了，把什麼難聽的話都罵了出來，最後的結論當然還是：

「滾，不管你是誰，不管你是來幹什麼的，最好都給我快滾，免得我把你的蛋黃都揑出來。」

陸小鳳沒有滾，他還在敲門，「篤、篤篤。」敲得很有韻律，很好聽。

臥房的門忽然間一下子就被拉開了，一個精赤條條的沙大老闆忽然出現在門後面。

沒有人能形容他在這一瞬間的表情。

可是我相信有很多人都能夠想像得到的，就算不去看也可以想像得到。

陸小鳳不願去想像，也不想去看，他只是用一種很斯文有禮的態度鞠躬微笑。

「抱歉。」他說：「我實在真的是抱歉極了，可是我發誓，我絕不是故意來打攪你的。」

沙大老闆的嘴裡就好像被塞滿了一嘴狗屎，雖然想一下子全都吐到陸小鳳臉上去，卻又有點不敢。

「更抱歉的是，我既不是雞蛋，也不是鴨蛋，所以也沒有什麼蛋黃好被你擠出來。」陸小鳳說：「我到這裡來，只不過想問你一件事。」

沙大老闆終於從嘴裡擠出來了三個字：「什麼事？」

陸小鳳伸出了手，在他那名振天下的兩根手指間，夾著一條紅繩子，繩子上吊著的是一塊色澤形狀都很好的玉珮。

「我只想問你，你以前有沒有看過這樣東西？」

沙大老闆的回答又讓陸小鳳吃了一驚，因爲他居然毫不考慮的就說：「我當然看見過，而且這還是我送給素雲宮主人的節禮。」

陸小鳳愣住了。

在他來說，這本來是一條極重要的線索，一個極重要的關鍵，關係著一件極神秘的兇殺案。

想不到沙大老闆輕描淡寫的就說了出來，而且連一點驚惶的樣子都沒有。

可是生氣的樣子他卻不止有一點了，他簡直已經氣得像一個冒煙的火爐。

「如果你就是爲了要問我這件事，就三更半夜的闖到我這裡來，那麼我告訴你，不管你是誰，你恐怕都很難再完完整整的走出去。」

陸小鳳苦笑嘆氣：「在這種情況下，我只好再問你一件事了。」

「什麼事？」

「這塊玉珮本來是不是你的？」

沙大老闆居然也毫不考慮的就回答：「不是，我常送禮給別人，也常常有人送給我。」

他狠狠的瞪著陸小鳳：「你是不是還想問我，這是誰送給我的？」

「是。」

「如果我不告訴你，你想怎麼樣？」

陸小鳳又嘆了口氣。

「那麼情況恐怕就很糟糕了。」他用一種很平靜的態度告訴沙大老闆：「現在如果我把手鬆開，這塊玉珮就會掉在地上，在我說完這句話的時候，我就會把手鬆開。」

「那又怎麼樣？」

「也沒有怎麼樣。」陸小鳳手指間的玉珮在搖盪。「只不過這塊玉珮掉在地上的時候，我保證你已經是個死人了。」

陸小鳳一向很少用這種話來恫嚇別人，如果他說出這種話，就絕不是恫嚇。

沙大老闆當然很明白這一點。

他的臉色已經變了，玉珮也將脫離陸小鳳的手。

就在這時候，情況忽然又有了極大的改變，陸小鳳忽然聽見一個女人說：「這塊玉珮是我送給他的。」

一個女人，赤條條的從沙大老闆的被窩裡跳了出來，手插著腰，站在陸小鳳面前。

「這是我老公給我的，我喜歡送給誰就送給誰，除了我那個烏龜老公外，誰也管不著，就算我喜歡偷人，別人也管不著。」

她歪斜著一雙媚眼：「陸小鳳，陸大俠，陸公子，你說對不對？你說你能不能管得著？」

她的話還沒有說完，陸小鳳已經走得連影子都看不見了，就好像忽然看見了個惡鬼一樣。

九　好快的刀

一

陸小鳳找到王大眼的時候，這位綠帽如山的雜貨店老闆已經喝得爛醉如泥，吐得一身都是，腳上一鞋子都是爛泥，可是他居然就這麼樣躺在床上呼呼大睡，屋子裡的臭氣足足可以臭死一條街的人。

像這麼樣一個又窩囊又邋遢的人，怎麼可能是殺人的兇手？怎麼可能殺死柳乘風那樣的江湖名俠？

陸小鳳實在沒法子相信。

可是那位赤條條的從別人的被窩裡鑽出來的老闆娘，既然說這塊玉珮是「老公」送的，那麼陸小鳳總不能不來問問這位老闆。

不管那位老闆娘給他戴了多少頂綠帽子，可是老公卻還是只有他一個。

要讓一個喝得像死豬一樣的人立刻清醒，最好的法子就是把一桶冷水從他頭上淋下去，尤其是在這種天氣，這種法子更是保證有效。

可是陸小鳳卻實在有點不忍。

他也知道可憐之人必有可惡之處，但是只要一碰見可憐的人，他的心總是會變得特別軟的。

所以他花了很多功夫，費了很多事，才總算把這位王大爺弄醒。

他本來還想等他再清醒一點時再問他這塊玉珮的來處，想不到王大眼一看見這塊玉珮就叫了起來。

「這是我送給我老婆的，怎麼會到你手裡了?你最好快一點給我從實招來。」

陸小鳳苦笑。

這件事根本就沒法子解釋清楚的，他也不想解釋，所以他只有採取比較簡單的一種方法，一種他平常很少用來對付可憐人的方法。

這種方法總是能夠很有效的讓人不能不說實話，王大眼果然很快就供出了玉珮的由來：「這是我花了整整三兩銀子買來的。」

「誰賣給你的？」

「除了那個小王八蛋之外還有誰？」

王大眼還說：「平常這個小王八蛋窮得要死，可是柳大爺一死，他就闊了，我一直懷疑他見財起意，謀財害命。」

不管他說的話是真是假，都要先找到那個小叫化才能證實。

何況這條線追查到這裡，已經快追到了，再追下去一定可以追出個頭緒來。

所以這個小叫化當然非要找到不可。

王大眼自告奮勇帶著陸小鳳去找。「這個小王八蛋平常窩在些什麼地方，沒有人比我更清楚，我準能把他找到。」

可是他沒有找到，找了七、八個地方都沒有找到。

這個小王八蛋好像忽然不見了。

二

一個人怎麼會忽然不見？

是不是因爲有人要讓他揹黑鍋，所以，殺了他毀屍滅跡？

還是因爲他自己知道事情已經追到他身上來了，所以只好逃之夭夭？

陸小鳳無法確定。

到現在爲止，他還沒有抓到一點證據，什麼事他都無法確定。

陸小鳳從來不肯隨便下判斷，就算他明知道一個人是兇手，在沒有找到證據的時候他也不會動的。

無論在任何情況下，他都不願冤枉好人。

江湖中有很多人都說，他和從前那位在活著的時候就已成爲神話般傳奇人物的楚香帥有很多相同之處，其實他們相同的地方並不多。

他們根本就是兩個完全不同的人。

楚留香風流蘊藉，陸小鳳飛揚跳脫，兩個人的性格在基本上就是不同的，做事的方法當然也完全不同。

他們兩個人只有一點完全相同之處。

——他們都是有理性的人，從不揭人隱私，從不妄下判斷，從不冤枉無辜。

所以他們這一生做人都做得心安理得，因爲他們問心無愧。

不管怎麼樣，小叫化現在也已變成了可疑的兇嫌之一了。

如果連他都可能是殺人的兇手，這個小鎮上還有什麼人是可以信任的？

可是這個小鎮上卻又彷彿沒有任何一個人具有殺害柳乘風的動機和理由，更沒有殺他的本事。

他們都是生長在這裡的土著，一生從未離開過這地方，以前也從未見過柳乘風。

也許只有一個人是例外。

宮素素。

想到宮素素，就想到了宮萍，陸小鳳心裡立刻就變得很不安。

宮萍和他分手時，他就有點擔心。

她一定要回去找宮素素，他一定要追出玉珮的線索，誰都沒有理由阻止對方。

他不放心，只因爲那時他已感覺到宮素素是個很危險的人物。

所以現在他也決定要去找宮素素。

三

找人是件很奇怪的事，有時候你不想去找一個人，他總是隨時隨地都會在你眼前出現，等你要找他的時候就找不到了。

這次的情況又一樣。

陸小鳳到了宮素素的居處時，那地方已經人影不見，非但宮素素不見了，宮萍也不見了，甚至連那個應門的白髮老嫗都不見了。

本來佈置得很高雅潔淨的屋子，現在已經一片凌亂，就好像剛剛有七、八十隻猢猻到這裡來滿屋子到處翻跟斗。

陸小鳳的心沉了下去，眼睛卻又忽然一亮。

他看到了一樣東西，屋子裡雖然一片凌亂，這樣東西還是很刺眼。

陸小鳳看到的是個髮髻。

一個用一根麻布帶紮成的髮髻，本來應該是褐黃色的麻布帶，已經變成了黑的，也不知道已經用了多久沒有洗換過。

本來是黑色的頭髮，現在卻已變成了褐黃色，又是灰塵，又是泥巴，又是油垢，又是沙土，距離上次洗頭的日子好像已經有一甲子之久。

這個髮髻陸小鳳認得。

這個髮髻本來應該是在那個小叫化頭上的，現在卻落在一個破碎的花瓶和一個還沒有摔碎的水晶燈罩之間。

這個髮髻雖然紮得亂七八糟，可是它斷落處卻很整齊。

——一個髮髻當然不會無緣無故的就從一個人的頭頂上掉下來。

它無疑是被人一刀削落的。

陸小鳳撿起髮髻凝視髮根斷處，瞳孔忽然收縮。

「好快的刀。」

這麼快的刀，是不是已經快得足夠能一刀刺穿柳乘風的心臟？

這柄刀是誰的刀？

四

小叫化到宮素素這裡來過？被一個年齡身分性別姓名都不詳的人一刀削落了他的髮髻，然後他的生死去向就沒人知道了。

宮素素和宮萍的下落也同樣不明，剛才這裡發生了什麼事，除了他們三個人之外也沒有別人知道。

陸小鳳手裡拿著小叫化的髮髻，呆呆的站在那裡發了半天愣，忽然想到了一件事。

——不是三個人，是四個人。

除了宮萍、宮素素和小叫化之外，還有那位白髮蒼蒼的老太婆。

——她怎麼也不見了？

這麼樣一個已經老得連腰都直不起來的老太婆，難道也和這件兇殺案件有什麼關係？

陸小鳳雖然對自己提出了這個問題，可是心裡也知道這個問題的答案是他自己絕對找不出來的。

就在這時候，他的瞳孔忽然又收縮。

這一次他並沒有看見什麼刺眼的東西，可是刺耳的聲音同樣會刺激到眼睛。

陸小鳳聽到的聲音本來絕不能算是一種刺耳的聲音，因爲那只不過是一種很微弱的呻吟聲。

可是他聽起來，卻比尖針更刺耳，因爲他立刻就聽出了這是宮萍的聲音。

——宮萍還在這裡？爲什麼會發出如此痛苦的聲音，是不是受了重傷？

唯一值得安慰的是，一個人只要還能出聲就表示這個人還沒有死。

陸小鳳深深的吸了一口氣，控制住自己的心跳和呼吸。

夜靜。

心跳和呼吸聲都已被控制得幾乎沒有聲音。

所以等到第二聲微弱如平常人呼吸般的呻吟響起時，陸小鳳立刻就辨出了它是從什麼地方傳出來的。

五

天色極暗，因爲現在正是黎明前最黑暗的一段時候，而且無星無月無燈。

本來顏色極明媚的小園，現在也像是被潑墨染黑了，什麼都看不見。

可是陸小鳳還是很快就找到了宮萍，在一個沒有別人找得到的地方找到了她。

小園裡後牆邊擺著七、八個養金魚的大水缸。

京城裡的大戶人家很少有不養金魚的，這是一種生活的習慣，也是一種派頭。

往日的繁華雖然如煙如夢，有些習慣和派頭卻還是改不了的。

只可惜在這種鳥不生蛋的地方，到哪裡去找金魚？到哪裡去找水？所以我們這位昔日王妃的庭園中只得空留下一排金魚缸。

宮萍就在這排金魚缸從左數起的第三個缸裡。

她當然不是自己願意躲在裡面的，誰也不願意把自己硬塞到個金魚缸裡。

如果她能夠反抗，她也不會被別人塞進去，只可惜她身上多了九根銀針，每一根銀針都插在她身上一個很重要的穴道裡。

最黑暗的時候已經過去，天色已經開始有點亮了，銀針在微曦中閃著光。

陸小鳳的四條眉都好像皺了起來。

他看得出這些銀針是被人用一種極厲害的暗器手法打入宮萍的穴道的。

在窗外以暗器暗算棺材店老闆的無疑也是這個人。

這樣的暗器高手，無論在哪一代都不多。

這個人是誰？

銀針拔出，宮萍才能開口說話。

「我知道你一定會替我擔心，我自己卻一點都不擔心，因爲我自己一直覺得宮素素不能把我怎麼樣。」宮萍說：「我連作夢都沒有想到許老太能一下子就把我制住。」

「許老太是誰？」

「就是那天替你開門的老婆婆。」

陸小鳳忽然想起一個人來了，江湖中能用這麼厲害的暗器手法傷人的絕不會超過十個人，女的最多只有三、兩個。

其中有一個不但精暗器，擅易容，而且是個神偷，「三手仙嫗」許霥，在她還是「仙姑」的時候就已經名動大江南北。

那個已經老得快要乾掉了的老太婆，難道就是昔年那位靈巧如仙子的許仙姑？

她怎麼會到這種地方來的？怎麼會在一個被逐放的王妃家裡屈身爲奴？

以她的名氣和武功，以她在江湖中的身分和地位，世界上大多數王妃只配替她洗腳。

誰也想不到一個已經被制住七處要穴而且已經被塞入了金魚缸的人，還有人能把她救出來。

宮萍實在是已經死定了的，宮素素沒有殺她，只不過要她多受一點活罪而已。

可是那個小叫化呢？陸小鳳問宮萍：「你有沒有看見那個小叫化？」

宮萍當然看見了他：「可是我從來也沒有想到他會是這麼樣一個人，居然會冒險來救我。」

陸小鳳顯然也被感動了，過了很久才問：「他是不是已經遭了毒手？」

宮萍黯然嘆息：「就算他現在還活著，恐怕也活不長久。」

「爲什麼？」

「因爲他好像知道一件絕不願意讓別人知道的秘密。」宮萍說：「他好像還看到了一件他不該看到的事。」

這件事和這個秘密當然都和柳乘風的死有極大關係。

這是毫無疑問的事，所以陸小鳳也沒有問，他只問宮萍：「現在這個小叫化的人在哪裡？」

「他已經被押走了，被宮素素和許老太押走的。」

「她們爲什麼要把他押走？」陸小鳳問：「如果她們要殺他滅口，爲什麼不索性就在這裡殺了他？」

宮萍反問陸小鳳：「如果你要殺一個人，你願不願意要他死在你自己家裡？」

「我不願意。」

「要一個人自己走到別的地方去死，是不是要比把一個死人搬出去容易得多？」

「是的。」

現在陸小鳳當然已經明白，小叫化是被宮素素押到別的地方去，滅屍滅口滅跡。

那個地方當然是別人找不到的，因爲誰也不知道它在哪裡。

陸小鳳也一樣不知道。

他能夠做很多別人做不到的事，他喝酒如喝茶，玩命如玩牌，用兩根手指夾別人致命的利器，輕鬆得就好像一個調皮多情的少女用兩根手指去捏她情人的鼻子一樣，在生死呼吸之間還能夠說一句鳥不生蛋的笑話。

可是他畢竟只不過還是一個人，畢竟還有很多事是他的能力所無法達到的。

他也從來沒有想到一個風箏能夠對他有什麼啓示。

在清冷的晨風中，在暗白色的穹蒼下忽然有一個風箏飄了起來。

一個好大的風箏，大得就像是翺翔在雪山絕嶺上的大鷹。

在夜色與晨曦的交替中，風箏上忽然閃現出八個用碧磷寫出來的大字。

「要找禍秧打破魚缸。」

這八個字好像也只不過是個鳥不生蛋的笑話。

十 打破金魚缸

一

如果說「要找魚秧，打破魚缸。」還算是一句話，就算魚缸裡連個魚影子都沒有，這句話也還說得過去。

「要找禍秧，打破魚缸。」就完全不像話了。

只不過要做這麼大一個風箏並不是件容易的事，寫這麼樣八個大字，也要用掉不少碧磷，碧磷也不是很便宜的東西。

有誰肯花這麼大工夫，來開這麼樣一個損人不利己的狗屁玩笑？

陸小鳳非但連一點好笑的意思都沒有，臉色反而變得嚴肅起來。

——這個玩笑絕不是個玩笑。

他立刻走過去檢查那排金魚缸，八個金魚缸的大小形狀質料色澤都一樣，和他在京城裡常常看到的那些金魚缸也沒什麼不同，唯一不同的是，這些金魚缸都已經乾得好像老太婆的臉一樣，好像都已經起了皺紋了。

他把八個金魚缸裡裡外外都仔細看了一遍，除了沙土灰塵外，什麼都沒有。

宮萍根本沒有過去看，卻從地上撿起一塊石頭，用力丟了過去。

——在某一方面說來，女人做事有時確實要比男人直接有效得多。

「噹」一聲響，一個金魚缸被砸破了。

——一個空金魚缸被砸破了之後，你會發現什麼呢？

你唯一能夠發現的，就是你根本就不應該把這個金魚缸砸破的。

陸小鳳苦笑，搖頭：「女人做事就是這樣子的，總以爲自己做得很聰明很神勇，如果有個女人真的能做出一件讓男人佩服的事來，那麼這個女人恐怕就不是一個女人。」

宮萍沒有反駁他的話，甚至連看都沒有看他一眼，好像根本沒聽見他在說什麼。

她一直都在盯著剛才被她打破的那個金魚缸。

一個空魚缸被打破之後有什麼好看的？

有。

本來是沒有的，可是現在忽然有了，魚缸一破，缸底忽然往下沉，露出了一個地洞。

宮萍慢慢的回過頭，用一雙好像大白果一樣的眼睛瞅著陸小鳳慢吞吞的問：「剛才你在說什麼？」

「剛才我在說什麼？我什麼都沒有說啊。」

陸小鳳眼睛也瞪得賊大：「剛才我只不過好像放了個屁而已。」

二

魚缸底下的地洞，當然是一條密道的入口，如果不是宮萍的運氣特別好，一下子就碰對了，那麼就是每個金魚缸底下都有這麼樣一個入口。

因爲缸底的地洞雖小，下去之後地方卻很寬敞，就好像是個用青石砌成的小客廳一樣。

只不過這個客廳裡什麼都沒有，只有一扇門，銅門。

推開銅門又是一個同樣的石室，又有一扇門，只不過除了這扇門之外還有一些很古老的刑具，甚至連在紂桀那個時代裡都被視爲最殘酷的刑具「炮烙」都有。

這些刑具本來只有在傳說中才能聽到，想不到陸小鳳卻一下子全都看到了。

他的眼福真不錯。

可是他只想吐，雖然只有刑具，沒有受刑的人，他還是想吐。

第二道門居然推不開，幸好上面掛著一個牌子，上面也寫著八個字：「若是君子，敬請敲門。」

於是陸小鳳敲門。

在某一方面來說，陸小鳳有時候是非常聽話的，叫他喝酒，他就喝，叫他敲門，他就敲，尤其是漂亮小女孩的門，他敲得比誰都快，而且敲得比誰都響。

這一次也一樣，門一敲就開了，開門的居然真的是個漂亮小女孩。

——最少在廿年前是個漂亮小女孩。

開門的居然是老闆娘。

三

陸小鳳傻了。

這一次他倒不是被老闆娘嚇傻的，而是被這石頭屋子裡的情況嚇傻了。

無論誰看見裡面的情況，都會像傻瓜一樣愣住。

陸小鳳第一眼看見的就是那個小王八蛋。

陸小鳳本來以爲他就算沒有死，也已經被人家修理得半死不活了。想不到現在這個小王八蛋卻像是大爺一樣，大馬金刀的箕踞在一張胡床上，左手按著一個人的腦袋，右手也按著一個人的腦袋。

陸小鳳作夢也想不到這兩個人的腦袋會被這個小叫化按在手底下。

這兩個人赫然竟是財雄勢大的沙大戶，和昔年名動江湖的三手仙姑許𡛼。

怪事還不止這一件。

更奇怪的事，棺材店的老闆趙瞎子、雜貨店的老闆許老大，和被謫的王妃宮素素也全在這裡，也全都和沙大戶一樣，做了小叫化的階下囚。

陸小鳳不但把四條眉毛都皺了起來，如果他有八條眉毛也一定全都皺起來了。

「這是怎麼一回事？」他想不通。

這件事其實是很簡單的。

小叫化只笑，不開口，說話的是老闆娘：「柳乘風不但是你的朋友，也是我們的朋友，他死得太冤，我們也和你一樣，想找出殺他的兇手，爲他復仇。」

她說的「我們」，顯然就是宮萍、小叫化和她自己。

其餘的這些人當然就是被他們認爲非常可疑的兇手。

——至少其中有一個是兇手。

「沙大戶、趙瞎子、許老大、宮素素，和我這個不爭氣的老公，都可能是殺死柳乘風的人。」老闆娘對陸小鳳說：「今天你在沙大戶的床上看到我，就因爲我一直都想把他捉來問個清楚。」

她嘆了口氣：「我相信你一定也明白，要捉沙大戶這種人，只有先上他的床。」

陸小鳳本來是一點都不明白的，直到現在，才開始有一點點明白了。

小叫化也開了口：「只要一上床，萬事都風涼，連沙大戶都上了當，何況這個老王八蛋？」

他指了指宮素素和許毵。

「我對付這兩個老太婆的情況雖然有點不一樣，多多少少還是用了一點美男計。」

陸小鳳笑了。

就在他開始笑的時候，就已經笑不出，因爲他忽然發現，有兩件致命的武器已經往他身上兩處要害打了過來，一樣是老闆娘的手，一樣是宮萍的腳。

老闆娘十指纖纖，十指尖尖，每個指甲上都套著一種用薄銅打成的指套，鋒利如劍。

宮萍的腳上，穿的是箭靴，一腳踢出，碎石如粉。

這兩種武器都是女子獨用的，就好像某些女人的心一樣，又毒又狠，又難猜測。

陸小鳳如果不是陸小鳳，這一次大概就死定了。

——陸小鳳如果不是陸小鳳，也不會等到今天才死了，等到今天，他至少已經死了三百七十八次。

有很多人甚至認爲陸小鳳是死不了的。

直到很久以後陸小鳳還說：「老實說，我這一生經過的危險實在不少，有很多次的確是差一點就完蛋了，可是最危險的一次，還是那一次。」

他說：「因爲那時候我實在沒想到宮萍和老闆娘會殺我，更沒有想到她們的出手居然那麼狠毒。」陸小鳳說：「如果現在你要我在江湖中例舉幾個武功最高最可怕的女人，我還是會把她們兩個人算在裡面，因爲直到現在爲止，江湖中能勝過她們的女人實在不多。」

他說的是真話。

那一次他能夠逃過那兩招致命的攻擊，的確險過剃頭。

那一次比陸小鳳更吃驚的是老闆娘。

她的功夫是經過苦練的，爲了練功夫，她的手心和腳心都磨出了老繭。

爲了要漂亮，要讓男人喜歡，她又花了很大的功夫把這些老繭用藥水泡掉。

她真是吃了不少苦，所以她對自己的出手很有信心，雖然她也知道陸小鳳是個很難對付的人，卻還是對自己很有把握。

可是她立刻就發現自己錯了。

因爲她這一擊，本來是要去抓陸小鳳的腰眼，用她手指上五個薄如利刃的指套，去抓陸小鳳的笑腰穴。

她抓到的卻是宮萍的褲腰。

陸小鳳也不知道是用什麼法子，忽然一下子就竄到五、六尺之外去了。宮萍的褲腰已經被撕裂，露出了一雙腿。

一雙修長結實充滿了彈力的腿。

一雙男人只要看過一次就永遠不會忘記的腿。

陸小鳳看過這雙腿。

在趙瞎子那個棺材舖的後院裡，在那一條飛揚的紫色長裙下，他看見的就是這雙腿，絕對錯不了。

他看呆了。

每一個男人忽然間看到這麼樣一雙腿，忽然從一條撕裂的褲子裡露出來的時候，都會看得發一下呆的，只不過陸小鳳這一次發呆的原因，和世界上其他大多數別的男人都有一點不一樣，這一次他看得呆住，只因爲他在和宮萍真正認識之後，就沒有想到過那個從想殺他的紫裙老嫗長裙下露出來的腿，竟然會是宮萍的腿。

——情感有時候就像是眼罩，常常都會把一個人的眼睛罩住，當然看不見他本來應該看見的事。

幸好現在他看見了，不幸的也是他現在看見了。

在幸與不幸之間，往往是一段空白。

空白的時候，就會發呆。

發呆的時候，就是別人的機會。

忽然間，所有不該動的人，全都動了，明明已經被制住的沙大戶、趙瞎子、王大眼、宮素素、許弄，居然在這一剎那之間全都動了，而且動得極快、極準、極狠。

這種快、準與狠，都不是一個生長在這種荒僻小鎮上的人所能夠做得到的。

一個人的出手，如果能夠達到這麼快、這麼準、這麼狠的程度，那麼這個人無論在任何一種標準下，都無疑可以列名在江湖中五十高手之林。

「五十」這個數字好像已經很多了，可是如果你算一算這個世界上有多少人混跡在江湖，有多少人想在江湖中掙扎奮鬥成名，能夠成名的人又有多少。

在江湖中，每天每夜每時每刻，有多少人爲了求生求名而做生死之決戰，也不知有多少人生，有多少人敗，有多少人死，有多少人勝。

如果你能想到這一點，那麼你就知道生死存亡勝敗，是繫於多麼微妙的一剎那間。

就在這一剎那間，陸小鳳倒了下去。

無論任何人在同一剎那間受到這麼多絕頂高手蓄意已久的全力攻擊，如果還能夠不倒下去，那麼這個世界上也就沒有會倒下去的人了。

對於一個在江湖中混了很多年，成名也很多年，交友不知其數，結仇也不知道有多少的人來說，倒下去的意思就是死。

陸小鳳怎麼會死？

四

沒有人相信陸小鳳會死，就算有人親眼看見有個人拿一把刀砍在他的脖子上，也不相信這個死不了的陸小鳳就會這麼一命歸西。

可是陸小鳳這一次居然真的就這麼一命歸西。

這是怎麼一回事呢？

十一 巴山夜雨話神劍

一

春夜、夜雨、巴山。

春夜的夜雨總是令人愁，尤其是在巴山，落寞的山嶺，傾斜的石徑，潑墨般的苔痕，多少前輩名俠的悽慘往事都已被埋葬在苔痕下，多少春花尚未發，就已化作泥。

春泥上有一行腳印，昨夜雨停後才留下的腳印。

今夜又有雨。

在蒼茫的煙雲夜雨間，在石徑的盡頭處，有一座道觀，香火久絕，人跡亦絕，昔年的沖霄劍氣，如今也已不知有多久未曾再見。

自從昔年以「七七四十九手迴風舞柳劍」名動天下的巴山劍客顧道人飄然隱去，不知仙蹤之後，他的子弟們也已四散。

這個曾經被醉心於劍的年輕人們奉爲聖地的道觀，也已漸漸荒冷沒落，所剩下的，唯有一些神話般的傳說，和台上的一道劍痕空留憑弔而已。

可是近兩年來，每當風清月白的夜晚，附近的樵戶獵人們，往往可以看到道觀裡彷彿又縹縹緲緲的亮起一盞孤燈。

有燈，就有人。

是什麼人又回到這裡來了？爲什麼？

二

今宵夜雨，孤燈又亮起。一個人獨坐在燈下，既不是巴山門下的子弟，也不是道人。

在這個寂寞無人的荒山道觀裡獨居已兩年的，居然是個和尙。

一個經常都可以幾天不吃飯，幾個月不洗澡的邋遢和尙。

這個和尙有時甚至可以經年不說話。

就在這個晚上，這個道觀裡居然又有四個人來了。

兩個人的身材都相當的高，穿著同樣的兩件黑色斗篷，戴著同樣的兩頂黑色氈帽，帽沿極寬，戴得很低，掩住了面目。

從傾斜的石徑上走到這裡來，踐踏著不知有多少落花化成的春泥，其中有一個人，顯得已經非常累了，另外一個人常常要停下來等著扶他。

遠在數十百丈之外，燈下的和尙就已經知道他們來了。

可是和尙沒有動。

燈光雖然在閃動明滅，和尙卻沒有動靜，甚至連一點反應都沒有，直等到這兩個人穿過道觀前的院落，來到他這間小屋前的時候，這個和尚卻連一點反應都沒有，此僧不老，卻已入定。

敲門聲也沒有回應，兩個冒雨越山而來的人，只有自己把門推開。

燈光雖不亮，卻還是把這兩個人照亮了，也照亮了他們在帽沿陰影下的嘴與頷。

兩個人的下頷都很尖，線條卻很柔和，嘴的輪廓更豐滿柔美。

只有女人才會有這麼樣的嘴。有這麼樣一張嘴的女人，無疑是個非常有吸引力的女人。

兩個美麗的女人，在夜雨中來訪巴山，訪一個已如老僧般入定的和尚。

她們是不是瘋了？是不是有什麼毛病！

如果她們既沒有瘋也沒有毛病，就一定有一個非常好的理由，而且一定是爲了一件非常嚴重的事。

——兩個漂亮的女人冒雨越荒山來找一個邋遢和尚，會是爲了什麼事？

——兩個女人來找一個和尚，會有什麼事發生？

三

還沒有老的和尚仍如老僧入定。

走得比較快、體力比較好，身材也比較高的女人伸出一隻雪白的手，用一種幾乎比舞蹈還要優美的姿勢，脫下了她頭上的氈帽，順手一掄，帽上的雨珠灑出，在燈光下看來，就像是一串閃亮的珍珠。

本來被束在她帽子裡的長髮，就像是雨水般流落下來。又掩住了她的半邊面，卻露出了她另外半邊臉。漆黑修長的眉，明媚的眼，嘴角一抹淺笑，春天真的已到了人間。

和尚眼觀鼻，鼻觀心，好像根本沒有看見面前有這麼樣一個女人。

可是她對這個和尚好像很熟悉，而且居然還用一種很親熱的態度對他說：「和尚，別人都說你老實，世上如果只有十萬個人，最少有九萬九千九百九十九個人都說你老實。」

這個女人說：「可是呀，依我看，你這個和尚，可真是一點都不老實。」

這個女人的體態修長而優雅，而且風姿綽約，每一個動作都溫婉柔美，只有出身於非常有教養的高貴之家，才會有如此風采。

可是她對這個又神秘又怪異的窮和尚說話的時候，卻忽然變得好像是個整天在和尚廟裡鬼混的小尼姑。

和尚也終於忍不住開口：「我有哪點不老實？」

「你告訴別人，你要到五台山去坐關，卻偷偷摸摸的躲到道士觀裡來，我上天入地的找你，也找了一個多月才找到。」她說：「你說你有哪點老實？」

和尚嘆了口氣。

「你找和尚幹什麼？」他苦著臉說：「和尚又不吃牛肉湯。」

這個女孩子居然就是近年來在江湖中以調皮搗蛋出名的牛小姐「牛肉湯」。

「其實你心裡一定也明白，我找你一定不會有什麼好事的。」

「阿彌陀佛，佛祖保佑，和尚只希望這次你找我的事不要太壞。」

「非但不壞，而且好極了。」

「哦？」

「這次我找你，是爲了成全你去做一件夠朋友義氣的事，也就是你們說的，去修一場大功德。」

牛小姐說：「這種事多做兩件，你遲早總會修成一個羅漢的！」

「修成什麼羅漢？找雞羅漢？」

牛小姐的大眼睛眨了眨，吃吃的笑了。

「找雞羅漢也不錯呢！大小總也是個羅漢，也不比降龍伏虎差多少。」

和尚苦笑：「牛小姐，你饒了我這一次行不行？你以爲和尚真不知道你這次來找我是爲了什麼？」

「你知道？」

「我用屁股來想也能想得到，一定是你那位陸小雞又不見了，所以你要和尚去找他。」

和尚說：「只可惜和尚這次再也不會去做這種傻事了。」

牛小姐的神色忽然變得沉重了起來，而且還彷彿帶有種說不出的焦急和憂慮。

「你沒有猜錯，陸小鳳的確又不見了，只不過這一次和以往都不同。」

「有什麼不同？」

「這一次他既沒有跟我吵嘴鬥氣，也不是爲了別的女人。」牛小姐說：「這一次他臨走之前，還跟我見過一次面，說是爲了他一個好朋友忽然失蹤，要遠赴邊陲去找他，而且說不定也會有危險。」

她的樣子好像已經快要哭了出來：「我本來下定決心要跟他去的，想不到他竟偷偷溜了，一去就再也沒有消息，你說急不急死人？」

「不急，一點都不急。」和尚慢吞吞的說：「和尚替他算過命，他死不了的。」

「不管怎麼樣，你都要去找他。」

「爲什麼？」

「因爲你是他的好朋友。」牛小姐說：「江湖中誰不知道老實和尚是陸小雞的好朋友，他有了危險，你不去找他，豈非笑死人了。」

這個和尚居然就是佛門中第一遊俠，名滿天下的老實和尚。

據說他一輩子都沒有說過一句不老實的話，可是如果有人一定要逼他說老實話，那個人恐怕很快就再也沒法子開口說話了。

據說有一次他在黃河渡船上，遭到盜劫，他說囊空如洗，強盜也信他，等到群盜走後，他卻又追上去，承認自己說謊，而把自己身上的一點銀錢都交了出來，第二早上，那批水賊就忽然莫名其妙的死在他們的賊窩裡。

有關這位和尚的傳聞軼事可真不少，而且都很有趣。只可惜我們這個故事要說的不是他。

牛大小姐要說動一個人，真可以把死人都說成活的，老實和尚卻好像連一個字都沒聽進去。

「不管你怎麼說都沒有用的，反正和尙這次已經吃了秤鉈，鐵了心了，說不去，就不去。」

「此話當眞？」

「當眞。」

「不假？」

「不假。」

牛小姐嘆了口氣：「這麼樣說來，我只好講個故事給你聽。」

她講的故事是這樣子的：「從前有個和尙，別人都說他老實得要命，從來都不沾葷腥，更不近女色，碰到女人，他連看都不敢看一眼！」

「他的確不敢看一眼，因爲他一看起來，最少也要看個七、八百眼。」

「有一次他居然還跟一個女人談起情說起愛來了，跟一個叫『小豆』的小女孩子。」

「這個小女孩身世很可憐，是在樂戶裡長大的，身子又弱，又有病，所以我們這位很老實的和尙就很同情她，可憐她。」

「可憐不要緊，要緊的是，由憐生愛，一愛就愛得沒完沒了。」

「唯一遺憾的是，他是個和尙，而且是個出名老實和尙，總不能去弄幾千兩銀子來替一樂戶女贖身，更不能明目張膽的把她從勾欄院裡搶出來。」

「所以這位多情的和尙只好悄然含恨而去，躲到一個他認爲別人絕對找不到的地方，去苦苦相思，懺情悔過。」

說到這裡，牛肉湯才停頓了一下，盯著老實和尚問：「你說這個故事好聽不好聽？」

聽到這裡，老實和尚本來已經很憔悴的臉，幾乎連一點血色都沒有了，過了很久才回答：「不好聽。」

「我也覺得不好聽，」牛小姐說：「像這麼悲傷的故事，我也不喜歡聽。」

她嘆了口氣：「只不過這個故事卻是真的，真有其人，真有其事。」

「哦？」

牛小姐又盯著和尚看了半天，忽然又問：「你知不知道這個故事裡說的這個和尚是誰？」

「我……我知道。」

「你說出來呀。」

老實和尚額上開始冒汗，卻還是掙扎著回答：「這個故事裡說的和尚就是我。」

牛小姐微笑，嘆息。

「不管怎麼樣，老實和尚畢竟還是不愧爲老實和尚，果然是從來不說謊的。」

她忽然把另外一個穿黑披風的女孩拉到老實和尚面前，替她脫下氈帽，脫出了一張清秀瘦弱、楚楚動人的臉，臉頰上已有了淚痕。

「你再看看她是誰？」

老實和尚怔住。

他當然知道她是誰，天荒地老，月殞星落，他都不會認不出她。

——小豆子，怎麼會是你？

小豆子的淚也如豆。

看到他們臉上的表情，牛小姐本來想笑的，也笑不出了。

她甚至想走了，走得遠遠的，好讓他們能單獨相聚，互相傾訴他們的思念。

想不到老實和尚反而叫住了她：「我也有樣東西要你看看。」

「你要我看什麼？」

老實和尚沒有回答，只是慢慢的把他那件破爛寬大的僧袍掀了起來，露出了他的一雙腿。

牛肉湯又怔住。

她看見的這雙腿，已經不像是一雙腿，而像是兩根被折斷的枯枝，不但瘦弱，簡直已乾癟退化。

是讓人想不到的是，這雙腿的足踝上，還鎖著一條極粗大的鐵鍊。

「鎖是七巧堂的精品，鑰匙已被我抛入絕壑，世上再也沒有人能打得開。」和尚說：「山下有個樵夫每天送一碗菜飯來，還有一甌水。」

牛小姐忍不住問：「你爲什麼要這樣做？」

其實她也知道這句話非但不該問，而且問得多餘。

——人在巴山夜雨孤燈下，心卻在燈紅酒綠間的一個可憐的人身邊。

他怎麼能控制住自己，不讓自己去見她？

——一個本來從不動情的人，如果動情，一發就不可收拾，像這種如山洪忽然爆發的情感，有誰能控制得住？

老實和尚畢竟也是人，而且人在江湖，縱然聖賢亦難忘情，何況江湖人？

所以他只有用這種法子把自己鎖住，也免得誤人誤己。

牛大小姐的眼睛也濕了。

在這種情況下，她還能說什麼？她只有走，想不到老實和尙又叫住了她。

現在他當然已經不能陪她去找陸小鳳，就算他去，也救不了陸小鳳。

他只告訴牛肉湯：「陸小鳳雖然飛揚跳脫，嘻皮笑臉，有時候甚至滿嘴胡說八道，可是有時候他也會說出一兩句他的真心話。」和尚說：「有一次他在酒後說出一句話，我至今都沒有忘記。」

「他說什麼？」

「他說，只有在一個人面前他從來不敢胡說八道。」

「爲什麼？」

「因爲這個世界上只有這個人能殺他，」和尙說：「到了他真正有危險時，也只有這個人能救他。」

「這個人是誰？」

「西門吹雪。」

四

西門吹雪，白衣如雪，他的心也冷如雪。

他這一生好像從未愛過一個人，就算他愛過，也已成為傷心的往事，已不堪追憶。

他沒有親人，沒有朋友，甚至連仇人都沒有了，除「劍」之外，他在這個世界已一無所有。

像這麼樣一個人，何者能夠打動他？

「我知道有一次他只不過為了要試一試陸小鳳的兩根手指是不是能夾住他的劍，甚至不惜和陸小鳳決生死於一瞬間。」牛小姐說：「他甚至不惜將陸小鳳斬殺在他劍下。」

「我也知道這件事。」和尚說：「那一次是在幽靈山莊的事件後，在武當山的解劍池旁。」

「可是他並沒有出手。」

「因為那一次他認為陸小鳳的心已死，已經等於是個死人了。」

牛小姐黯然：「現在陸小鳳說不定已經真的是個死人了。」

「可是只要他還沒有死，唯一能救他的人就是西門吹雪。」老實和尚說：「和尚從來不說謊，西門吹雪不但劍法第一，他的冷靜和智慧也沒有人比得上。」

「和尚老實，我信和尚。」牛小姐說：「但是我卻不知道要用什麼法子才能說動他去救陸小鳳。」

「我也不知道。」

「你怎麼會不知道？」牛小姐問老實和尚。

「因為根本就沒有法子。」和尚說：「就算你能把死人說活，對他也一點法子都沒有。」

他用一種雖然非常老實又帶著點詭秘的眼色看著牛肉湯，慢吞吞的說：「只不過有句話我還是要告訴你，你一定要牢記在心。」

老實和尚說的當然都是老實話，老實話通常都很有用的，牛小姐當然要把每個字都聽得很仔細。

想不到老實和尚只說了八個字，每個字都可以把人氣死。

「沒法子，就是有法子。」

和尚都喜歡打機鋒，會打機鋒的和尚才是有道理的和尚。

可是在牛小姐的耳朵裡聽起來，卻好像一個人一連串放了八個屁。

十二 超級殺手雲峰見

一

這時候西門吹雪正坐在山巔一處平石般的青色岩石上，眺望著遠方。

黃昏，未到黃昏。

遠方煙雲縹緲蒼茫，什麼都看不見，卻又什麼都看得見。

在一個生命還未開始，或者對生命已完全滿足的人看來，那只不過是一片虛無、一片混沌，最多也只不過是一幅圖畫而已，可以讓一個本來已經很愉快的人，在寧靜中得到一點享受。

但是在西門吹雪這種人看來，這一片虛無就是生命的本身。

只有在虛無混沌中，他才可以看到很多他在任何其他地方都看不到的事，也只有在此時此地此情，他才能看到自己。

這一點才是最重要的。

近十餘年，西門吹雪幾乎已經完全沒有機會看到自己。

因爲他的心與眼久已被一層血所蒙蔽，當然還有一層雪。

冰比冰水冰，雪更冰甚冰水。（註）

西門吹雪是個什麼樣的人？當今天幾百幾十萬個知道「西門吹雪」這個名字的人，又有幾個人知道他的出身、他的思想、他的感情，和他的過去？

甚至連他自己都不知道。

當然不是真的不知道，而是已經忘記了。

他怎麼忘記呢？

人生中還有什麼事比「忘記」更困難？

他要付出多大的代價才能忘記這些事？

西門吹雪忽然想起了陸小鳳，此時此刻，他本來不該想起陸小鳳的。

不幸的是，人類最大的悲哀，就是人們常常會想一些自己不該想起的人和不該想起的事。

西門吹雪和陸小鳳認識幾乎已經有二十年了。

二十年，是多麼長的一段日子，有的人一出生就死了，有的人出生幾天幾月就已夭折，在他們說來，二十年，那簡直已經是段不可企望的歲月。

在一個新婚不久的妻子說來，如果她的丈夫在他們最恩愛的兩三年之中就已死了，那麼，二十年，又是種多麼不可企求的幸福。

在一個生命已將盡的老人來說，雖然他明知自己活不過二十年，可是，已往的二十年，也會讓他永遠難以忘懷的。

因爲每一個人的生命中，都有他最重要的二十年。這二十年中的每一天，都可能會發生改變他這一生命運的事。

所以，西門吹雪才會想到陸小鳳。

他和陸小鳳相識已二十年，可是他對陸小鳳的了解居然這麼少。

他從來都不知陸小鳳這個人是在一種什麼樣的家庭中出生的，也從來都不知道陸小鳳這個人是在一種什麼樣的環境中長大的。

這也許只因為他從來沒有想要去知道。

有很多的朋友之間都是這樣的，雖然經常相處在一起，卻從來都沒有想到過要去發掘對方的往事，當然更不會想到要去發掘朋友的隱私。

江湖道上的朋友們，以義氣血性相交，只要你今天用一種男子漢的態度來對我，就算你以前是王八蛋，也沒他媽的什麼關係。

這個世界上，真正的男子漢已經不多了。

如果有人說陸小鳳不是條男子漢，這個人最好趕快躲到一個荒山廢廟裡去求神佛保佑，保佑他不要被陸小鳳的朋友看到。

當然要更保佑他不要被西門吹雪看到。

西門吹雪可以為了一個他根本不認得的人，甚至為了一個他根本沒有見過的人，披星戴月，奔波數千里，薰香沐浴，齋戒三、五日，去為這個不認識的人殺一個從未敗過的殺手。

因為他願意做這件事。

因為他高興。

這件事是成是敗，是勝是負，是生是死，他根本就沒有放在心上。

如果他不高興不願意呢？

那可就一點法子都沒有了，就算你把他所有的朋友都找來，在他的門口排隊跪下，他也好像連一個人影子都沒有看見。

甚至連爲了陸小鳳都是一樣的。

如果他不高興不願意，就算有人把陸小鳳當面刺殺在他的眼前，他也看不見。

西門吹雪看得見的，只有他的劍。

二

落日最紅的時候，就是它即將沉沒的時候。

人呢？人是否也如是？

西門吹雪從來都不去想，人生中總有一些無可奈何的悲傷，爲什麼要去想？想了又能怎麼樣？

他只知道現在一定已經有一個人要用一柄他從未看見過的劍，用一種他從未看見過的劍法，來和他決生死於一瞬間。

這不是他的預感。

他仗劍縱橫江湖二十年，出生入死無數次，現在他還活著，他當然也和其他那一些嘯傲江湖的劍客名俠殺手一樣，有一種接近野獸般的預感。

可是這一次，他奔波千里，齋戒沐浴，到此山的絕頂上來，只不過因爲他有約。就約在此時，就約在此地。

他並不知道約他的人是誰，可是敢約他來的人，無疑是個非常有分量的人，而且非常有信心，對自己的力量和劍都非常有信心。

這一點是任何人都可以想像得到的。

這個人是誰？爲什麼要約戰劍下從無活口，也從未失敗過的西門吹雪？

三

紅日初露時，紅如害羞少女臉上的胭脂，此時已紅如仇人劍下的鮮血。

一個人慢慢的走上山巔來了。

如果他是以輕功飛掠而上的，或者是以青索巧技攀援上來的，這個人都不能算是一個值得注意的對手。

這個人是慢慢走上來，那種慢的程度，就好像一個怕老婆的丈夫在夜歸時走回妻子的閨房一樣，又輕，又慢，小心翼翼，生怕發出一點聲音來，恨不得把鞋子都脫掉。

可是現在走上來的這個人，卻穿著一雙很重很重的靴子，我們甚至可以說，這個世界上絕對不會再有另外一個人穿靴子比他更重。

這個人穿的居然是一雙鐵靴子，用純鐵打成的鐵靴子。

如果有一個經驗非常豐富的老鐵匠在這裡，要他作最保守的估計，這雙鐵靴子每隻最少也有一個最胖的人一條大腿那麼重。

這種重量是很難估計的，可是最少也在九斤半到十三、四斤之間。

從中間算，一條腿十斤，兩條腿二十斤，穿著一雙二十斤重的鐵鞋子，大多數人走路的聲音都會像打雷一樣，何況是在爬山越嶺走險坡，何況這個人又是個超級大胖子。

可是這個穿著一雙超級鐵靴的大胖子，從平地爬上這座高山絕嶺來的時候，他的腳步聲甚至比一個遲歸的丈夫更輕，輕得簡直就像一個要到廚房去偷嘴的小丫頭。

這個人又高，又大，又壯，又肥，卻又偏偏輕如蝴蝶。

這個人肥頭大耳，眉清目秀，一臉笑瞇瞇的樣子，看起來就好像彌勒佛一樣，可是知道他的人，寧可看到一百個拘魂的惡鬼，也不願意看到他。

西門吹雪根本就沒有回頭去看這個人，這個世界上也許還沒有一個值得他去看的人。

這個人居然也沒有去騷擾他，更沒有用那雙大鐵靴去踢他，只不過從他背上一個包袱裡，拿出了一大塊滷牛肉，兩隻燒鵝，十七、八條嶺南師傅做的叉燒肉，一整隻小肥豬，三、四十個包子，七、八十塊豬油冰糖千層糕，攤起一大塊布，把這些東西都擺上去，然後就坐在那裡。

真的就是那麼樣坐在那裡，既不動手，也不動口，這麼樣一個大胖子，面對著這麼一大堆好吃的東西，他居然就動也不動的坐著，只看，不吃。

西門吹雪也沒有動，更沒有看，但是卻忽然說了句很奇怪的話。

「小瘦子，我知道不是你，所以你今天還不會死。」他說：「可是你今天實在不該來的。」

穿鐵靴的人，臉上的肥肉忽然在一剎那間像冒泡的泥漿一樣凸了起來，而且一直不停在抖，抖得就像是油鍋裡的豬油。

他又不是小瘦子，他是個大胖子，如果西門吹雪說的話，是在警告一個瘦子，這個大胖子怕什麼？

胖子怕怕，只因爲他從小瘦瘦，所以他穿大鐵靴，所以他拚命吃一些可以讓他胖起來的東西。

他這麼樣吃，怎麼能不胖？

他爲了增加他的重量，很小就開始穿鐵鞋走路，這麼樣一個人的輕功如果還不好，還有天理嗎？

可是現在他已經不能再胖下去了。

所以他雖然總是隨身帶著一些他最喜歡吃的東西，也只有看，不能吃。

這個小瘦子，當然就是近兩、三年才崛起於江湖的超級殺手「大鼓」。

他的肚大如鼓，他的呼吸聲如鼓，甚至連他的人都好像一個鼓一樣。

像這麼樣一個臃腫平凡俗氣的人，有誰會提防他？

所以在最近這十九個月以來，死在他那一雙肥肥小手下的武林大豪，已經比死在西門吹雪劍下的多得多了。

可是西門吹雪卻知道這一個人今天到這裡來絕不是爲了赴約而來。

這個小瘦子肥小胖，就算吃了妖魔教的迷幻藥，也不敢來動西門吹雪。

誰敢動西門吹雪？

這個時候絕嶺下又有一陣腳步聲傳上來了，一陣好重的腳步聲，就好像有一個八百斤重的大胖子。

穿著一雙八十斤重的鐵靴子一樣。

可是這個人還沒有走上來，西門吹雪就知道這個人既不胖，也不重，穿的還是雙輕輕薄薄、軟軟的繡花鞋，聽到這個人的腳步聲，穿鐵靴的人那張緊張的臉立刻就放鬆了！西門吹雪的眼神卻忽然變得紅如血，冷如雪。

註

寫武俠小說寫了二十三四五六七年，從沒有寫過「註」。

可是我從小就很喜歡看「註」，因為它常常是很妙的，而且很絕，常常可以讓人看了哈哈大笑。

譬如說，有人寫「××拔劍」之後，也有註，「此人本來已經把劍放在桌上了，等他吃過飯之後，又帶在身邊，所以立刻可以拔出。」

看了此等註後，如不大笑，還能怎麼？哭？

「註」有時也可以把一個作者的心聲和學識寫出來，註出一些別人所不知而願聞的事，有時甚至就像是畫龍點睛，無此一點，就不活了。

才子的眉批，也常類此。金聖嘆批四才子，更為此中一絕。

我寫此註，與陸小鳳無關，與西門吹雪更無關，甚至跟我寫的這個故事都沒有一點關係，可是我若不寫，我心不快，人心恐怕也不會高興。

因為在我這個鳥不生蛋的「註」中出現的兩個人，在現代愛看小說的人們心目中，大概比陸小鳳和西門吹雪的知名度還要高得多。

這兩個人當然都是我的朋友，這兩個人當然就是金庸和倪匡。

有一天深夜，我和倪匡喝酒，也不知道是喝第幾千幾百次酒了，也不知道說了多少鳥不生蛋讓人哭笑不得的話。

不同的是，那一天我還是提出了一個連母雞都不生蛋的上聯要倪匡對下聯。

這個上聯是：「冰比冰水水冰。」

冰一定比冰水冰的，冰溶為水之後，溫度已經升高了。

水一定要在達到冰點之後，才會結為冰，所以這個世界上任何一種水，都不會比「冰」更冰。

這個上聯是非常有學問的，六個字裡的居然有三個冰字，第一個「冰」字，是名詞，第二個是形容詞，第三個也是。

我和很多位有學問的朋友研究，世界上絕沒有任何一種其他的文字能用這麼少的字寫出類似的詞句來。

對聯本來就是中國獨有的一種文字形態，並不十分困難，卻十分有趣。

無趣的是，上聯雖然有了，下聯卻不知在何處。

我想不出，倪匡也想不出。

倪匡雖然比我聰明得多，也比我好玩得多，甚至連最挑剔的女人看到他，對他的批語也都是：「這個人真好玩極了。」

可是一個這麼好玩的人也有不好玩的時候，這麼好玩的一個上聯，他就對不出。

這一點也不奇怪。

奇怪的是，金庸聽到這個上聯之後，也像他平常思考很多別的問題一樣，思考了很久，然後只說了四個字：「此聯不通。」

聽到這四個字，我開心極了，因為我知道「此聯不通」這句話的意思，就是說：「我也對不出。」

金庸先生深思睿智，倪匡先生敏銳捷才，在這種情況下，如果能有一個人對得出「冰比冰水冰」這個下聯來，而且對得妥切。金庸、倪匡和我都願意致贈我們的親筆簽名著作乙部，作為我們對此君敬意。這個「註」，恐怕是所有武俠小說中最長的一個了。

十三　大鼓與繡花鞋

一

上山來的這個女人，高高瘦瘦的身材，長長的臉，眉和眼都是向上挑起來的，在剛健的英氣中又另有一種嫵媚。雖然不美，卻有魅力。

她身上穿著件很短的銀狐披風，露出一雙修長的腿，腳上穿的果然是雙繡花鞋。

這麼樣一個苗條的女人，走起路來怎會比「大鼓」的腳步還響？

這個問題的答案只有一個。

——她是故意的，故意在炫耀自己，炫耀她的武功。

她練的是一種很特別的，而且在江湖中絕傳已很久的外門功夫，在必要時，甚至可以把自己的身子變得比一個幾百斤的大秤鉈還重。

這種功夫從來也沒有女人練過，更沒有女人能練得成。

她一向以此為榮。

她的名字就叫做「繡花鞋」。

這當然不是她的真名，可是認得她的人，誰也不知道她還有什麼別的名字。

繡花鞋上山來的時候，也和「大鼓」一樣，帶著一些很奇怪的東西。

她帶的當然不是吃的。

她帶來的是一管簫、一個用上好漆器製成的梳妝箱、一副用象牙匣裝著的賭具，其中包括了一副骰子、一副牌九，和四副葉子牌。

最奇怪的是，她後面還跟著個很漂亮的小男孩，替她挑著一副鋪蓋棉被。

這麼樣一個女人，真的是怪異了。

二

西門吹雪極目蒼茫，仍未回頭，大鼓臉色發青，一雙眼睛瞪得就像是兩個肚臍眼一樣。

——當然是他自己的肚臍眼，除了他這樣的大肚子，誰有這麼大的肚臍眼？

他們知道這個女人的來歷和底細。

——她也是這幾年來崛起江湖的有限幾個超級殺手之一，只不過她還有一些非但大鼓比不上，別人也比不上的特別本事。

據說她賺的錢，比其他那三、四個和她有同樣身分的殺手加起來的還多。

這是什麼緣故？

看見大鼓，繡花鞋就笑了，笑起來的時候，眼神更媚。

「大鼓兄，別人都說，心寬體胖，你的確是個寬心大量的人，近來的確愈來愈發福了。」

大鼓卻在嘆氣。

「發福有什麼用?肥肉賣多少錢一斤?」他說:「要能發財,才是本事。」

「這倒是真話。」

「聽說你愈來愈發財了。」大鼓說:「聽說連山西那幾家大銘號有時都要問你周轉點銀子。」

「那倒不假,」繡花鞋也嘆了口氣:「錢多了雖然也麻煩,可是誰叫我天生就會賺錢呢?」

她忽然一本正經的問大鼓:「你有沒有聽說我賺的錢比你們加起來的都多?」

「我聽說過。」

「可是你也應該知道,我殺人要的價錢,並不比你們高。」

「我知道。」

「那我賺的錢爲什麼會比你們多?」

她替自己回答了這個問題。

「因爲我不但會賺錢,而且什麼錢我都賺。」繡花鞋說:「我不像你們,只肯做天下第二古老的生意,連最古老的一種我都做。」

大鼓故意問:「我知道天下第二古老的生意就是殺人,最古老的一種是什麼?」

「當然是賣淫。」

繡花鞋面不改色:「天下歷史最悠久的一種生意,就是賣淫。」

大鼓苦笑，笑得並不像要哭出來的樣子，卻有點像要吐出來的樣子。

繡花鞋卻好像一點感覺都沒有。

「別人要什麼，我就賣什麼，要我殺人，可以，一萬七千五百兩，錢到命除，從不失手。」繡花鞋說：「要我賭錢，可以，我腰裡有副牌，誰來跟誰來，只要有錢能輸，就是你的錢是剛從祖墳裡挖出來的，我也照贏不誤。」

「好。」大鼓故意拍手：「有性格。」

「別人要我唱一曲，可以，一曲五千兩，錢到就唱。」

「一曲五千，是不是未免太多了一點？」

「不多。」繡花鞋說：「非但不多，還嫌太少了一點。」

「有誰肯花五千兩聽你唱一曲？」

「這種人多的是。」

「他們是不是有點瘋？」

「一點都不瘋！」

「你唱的哪一點比別人好？」

「一點都沒有！」繡花鞋說：「只不過我這個人跟別的唱曲人有很多點不同而已。」

她問大鼓：「你想想，那些一肚子肥油的暴發戶們，能請到當今江湖中最成名殺手之一到他們的喜慶堂會上去唱個曲子，是件多麼有面子的事。」

大鼓嘆氣：「這倒也是真的。」

「他們給你五千兩，你肯不肯去唱？」

「不肯。」

「那麼，五千兩多不多？」

「不多。」

「所以我比你們賺的錢多，就是天經地義的事了。」繡花鞋說：「何況我還肯陪人睡覺。」

「我看得出，」大鼓苦笑：「你甚至隨身都帶著鋪蓋。」

「不錯，隨身帶鋪蓋，清潔又方便。」繡花鞋說：「你要我陪你睡覺，可以，也是一萬七千五百兩，錢到褲脫。」

大鼓吃了一驚：「睡一覺的價錢也和殺人一樣？」

「當然一樣。」

大鼓上上下下打量著她，故意搖頭：「這一點我倒真是看不出。」

繡花鞋也不生氣：「我明白你的意思，我這個人長得雖然不算醜，可是怎麼看也值不了一萬七千五百兩的，」她說：「只不過……」

「只不過你是大名鼎鼎的繡花鞋。」大鼓搶著替她說下去：「有名的女人，就算長得醜了一點，年紀也老了一點，還是有很多老瘟生冤大頭願意上當。」

「你答對了。」繡花鞋吃吃的笑：「我們也算是同行，如果你要找我，我給你一個九折。」

三

天色漸暗，夜色已臨，西門吹雪仍然獨坐不動，繡花鞋壓低聲音問大鼓：「那個人是誰？」

「你不知道他是誰？」

「我沒注意。」繡花鞋說：「剛才只注意到你。」

「現在呢？」

「一個人既不是石頭人，又不是木頭人，動也不動的坐在那裡那麼久，我想不注意他也不行了。」繡花鞋說：「何況，每一次我只要往他那邊去多看兩眼，就會覺得有點冷。」

「你顯然已經注意到他是誰，那麼我就有句話要先問你了。」

「你問。」

「你到這裡來，是不是有人僱你來殺人的？」

「大概是吧！」繡花鞋說：「那個人付了我一萬七千五百兩，絕不是要我到這裡來陪他睡覺的吧。」

「你知不知道要殺的是誰？」

「不知道。」

「那麼你最好還是趕快求個神的好。」

「求什麼？」

「求神保佑你，你那個主顧沒有瘋，要你來殺的人不是他。」

繡花鞋跟著大鼓看過去，那人仍然獨坐岩石上。

「爲什麼不是他？」繡花鞋問：「他是誰？」

「西門吹雪。」

繡花鞋呆了，嚇呆了。

西門吹雪？

她從未想到只憑一個人的名字也能讓她這麼害怕，她這一生中好像從來也沒有怕過什麼人。

可是現在她卻忽然覺得冷得要命。

四

在蒼茫的夜色中，西門吹雪的一身白衣看來仍如雪。

就在這時候，黑暗中忽然出現了兩盞宮燈，一個人背負著雙手，施施然跟在後面走了上來，一身白衣居然也如雪。

提宮燈的兩位宮鬟如雲的宮裝美女，細腰、長腿，儀態高雅，就算不是宮中選出的宮娥，也必定是萬夫人訓練出來的「職業美人」。

她們不但都有很漂亮的樣子，而且還都有一身很不錯的身手，否則怎麼能在夜晚走上山巔。

……除了這種身手外，別的身手當然也很不錯。

所以她們的身價也是非常高的。

跟在她們身後走上來的白衣人，是個白面少年，衣白如雪，面白如衣。

他的腰上，繫玉帶，佩長劍，劍與玉帶，都是價值連城。

繡花鞋又問大鼓：「你看這個人怎麼樣？」

「這個人真英俊，真好看，不但有樣子，而且有氣派。」

「而且他還有一樣別的東西。」

「他還有錢。」

「對了。」

「所以他就是你的主顧？」

「也對了。」

大鼓苦笑：「碰巧我的主顧也是他，所以我早就在求神了。」

少年微笑。

「幸好我不是要你們來殺西門吹雪的！」他說：「只有瘋子才會要你們來殺西門吹雪！」

繡花鞋好像又有點不太服氣了。

「難道你真以爲西門吹雪是絕不會理的？」她問這少年。

「我不是這意思。」他淡淡的說：「我的意思只不過是說，如果我現在堅持要你們去殺西門吹雪，你們一定會先殺了我。」

他甚至還微微帶著笑：「要殺我，當然比殺他容易得多。」

「是的。」

靜默已久的西門吹雪忽然說：「殺你容易，殺我難！」他的聲音冰冷：「可惜他們也殺不死你！」

「為什麼？」

「因為他們只要一出手，就已死在我的劍下。」

「你的劍呢？」

「劍在。」

「我為什麼看不見？」

西門不回答，也不必回答，他的劍，為什麼要人看得見？

他的劍，誰能看得見？

西門吹雪只問這少年。

「你說不要他們來殺我，為什麼要他們來？」

「因為我要知道，我是個非常有身分的人，不但能把你約出來，而且還能要這麼樣兩位大名人先開路在這裡等我。」白衣少年說：「我知道你的眼睛一向是長在頭頂上的，我至少要讓你明白我也不簡單。」

「你的意思是不是說，你花了很多銀子找他們，只不過要我明白你的身分？」

「是的。」

「那麼你這位有身分的人，又是來幹什麼的？」西門吹雪問：「爲什麼要約我來？」

「你看呢？」

「以我看，以你的武功，只有送死。」

白衣少年大笑：「像我這樣年少多金，英俊瀟灑，又有身分，又有地位，而且還有錢的人，如果連我都想死的話，這個世界上的人恐怕已經死光了。」

這也是真的。

「我到這裡來，只不過想要用一用你的劍。」白衣少年說。

西門吹雪沉默。

他沉默，只因爲他不知道應該說什麼，他沉默很久之後，才能說一句：「我的劍是用來殺人的。」

少年時他常說這句話。

少年時，仗劍殺人，縱橫江湖，這句話說出來，如金鐵交征，多麼有豪氣。

此時，此刻，縱橫天下事，已成過眼煙雲，他再說這句話，只覺俗氣了。

可是在白衣少年聽來，卻還是有豪氣的，而且有魅力。

他甚至鼓掌。

「好，英雄的劍，不殺人難道去殺豬殺狗？」白衣少年說：「我要用你的劍，本來就是要請你去殺一個人。」

「殺誰？」

「殺一個想謀害陸小鳳的人。」

陸小鳳，多少年未見陸小鳳了，紫禁之巔那一戰至今已有多少年了。

一劍西來，天外飛仙。

昔日的名俠劍客，今日在何處？

西門吹雪眼中非但無淚，眼神反而更冷酷，他冷冷的告訴這個白衣少年。

「如果你要殺一個想謀害陸小鳳的人，你就不該來找我。」

「爲什麼？」

「因爲這個人的對象是陸小鳳，不是我。」西門說：「這個人和我全無關係。」

他又告訴這少年：「你要殺他，只有去找一個人。」

「找誰？」

「陸小鳳。」西門說：「你要殺他的對頭，當然只有找他自己。」

這不但是真話，而且是至理。

更重要的一點是：「陸小鳳自己應該能管自己的事，已經用不著我出手。」

「如果這件事是他不能管的呢？」

「那麼他就應該去死。」

「如果我一定勉強你去替他做這件事，你是不是就會要我去死？」少年問西門。

「是的。」

「是不是立刻就要我去死？」

「是的。」

西門吹雪的回答永遠是這樣子的，永遠如此簡單而直接，正如他殺人的那一劍。

十四 小姐與大偷

一

白衣少年笑了。西門吹雪如果要殺一個人，就表示這個人已經死定，現在西門吹雪要殺他，他居然還能笑得出，不但笑得出，而且笑得這麼愉快。

這一點甚至連大鼓和繡花鞋都覺得很奇怪。

更奇怪的是，這個看起來總讓人覺得有點神神秘秘奇奇怪怪的白衣少年，居然還要說：「西門吹雪，你真行，我知道你一向都很行。」他說：「你要殺人，比別人要切一顆蘿蔔還容易，你要殺我，當然更容易。」

白衣少年的笑非但愉快，而且能讓別人也同樣愉快。

「你剛才說過，我的武功很差，大鼓和繡花鞋雖然都是當今江湖中一等一的殺手，可是在西門吹雪面前，他們大概連動都不敢動。」

大鼓和繡花鞋既不能，也不敢否認。

白衣少年說：「在這種情況下，我聽見你要殺我，本來應該怕得要死才對，可是我一點都不怕你。」他問西門吹雪：「你知不知道爲什麼？」

西門吹雪看著他，眼神既不冷酷，也不溫柔，西門吹雪看著他的眼神，就好像什麼都沒有看見，就好像在看著一片空無。

「我不怕你，只因爲我知道你不會殺我，也不能殺我。」少年居然如此說。

西門吹雪居然也沒有拔劍。

「西門吹雪殺人於一瞬間，一瞬間就可以殺人無數，像我這樣一個弱小人氏，憑什麼會認爲西門吹雪不敢殺我呢？」這個奇怪而又神秘的白衣少年說：「我當然是有理由的，至少有好幾點理由！」

沒有人能想得出他的理由。

西門吹雪要殺人的時候，世界上有什麼理由能夠阻止他？

可是這個白衣少年居然把理由講出來了，而且真的有效。

他是怎麼講的？

二

這個白衣少年講出來的理由，當然是有理由的，而且是別人想不到的理由。

他好像還有很多話要說出來，想不到西門吹雪居然打斷了他的話。

「其實你就連一點理由都沒有，我也不會傷你的毫髮。」

「真的？」

當然是真的，西門吹雪說出來的話，從來都沒有人懷疑。

「西門吹雪要殺人，根本不需要任何理由，西門吹雪不殺人，也不需要任何理由。」

「這是真的。」白衣少年說：「我相信。」

「如果西門吹雪要殺你，就算你是個弱女子，就算你是陸小鳳的情人，就算你是那個牛肉湯，現在你都已死在劍下。」

「現在我為什麼還沒有死？」

「因為一個很好的理由，我相信天下再也沒有比這個理由更好的理由了。」

「哦？」

「嗯。」

「什麼理由？」白衣少年問：「為了什麼？」

「因為你雖然不是男人，是個女人，而且就是陸小鳳最近最喜歡的那個牛肉湯、牛皮糖、牛大小姐，我卻不是西門吹雪。」

這個人說：「我從頭到腳，從頭頂到腳底，全身上下，絕沒有一個地方是西門吹雪。」

大鼓傻呆了，繡花鞋傻呆了，牛肉湯也傻呆了——不管她是不是牛肉湯，她都傻呆了。

何況她真的就是牛肉湯。

她知道西門吹雪是個什麼樣子的人，這個人剛才的樣子，就是西門吹雪的樣子，孤獨、寂寞、冷。

如果你認為用這五個字描述西門吹雪還不夠，一定要用十三個字才夠，那麼這十三個字就是除了孤獨、寂寞、冷這五個之外，再加上八個字。

驕傲、驕傲、無情、無情。

這個人剛才看起來就是這樣子的，可是現在卻好像不一樣了。

天上地下，獨一無二的西門吹雪，天上地下，獨一無二的劍神。

這麼樣的一個人，怎麼會說出這種話來？如果西門吹雪需要一個人死，這個人怎麼還能活到現在？

「現在我知道了，你絕不是西門吹雪。」牛小姐盯著這個人問：「如果你不是他，你是誰？」

她相信這個人就是西門吹雪，只因爲她已經從這個人身上感覺到西門吹雪那種獨一無二的孤高和蕭索，也已感覺到那種獨一無二的凌厲劍氣。

除了西門吹雪自己之外，還有誰能給別人這種感覺？

「西門吹雪的臉，本來就像死人一樣，非但蒼白得沒有一點血色，而且連一點表情都沒有。」牛小姐說：「最重要的一點是，大多數人只要遠遠的看見一個穿一身白衣如雪的白衣人，而且還帶著一把長而狹的烏鞘劍，他的腿就發軟了，哪裡還敢去看這個人的臉？」

她的結論是：「所以在理論上來說，要假扮西門吹雪，並不是件很困難的事。」

這種理論是正確的，只不過理論和事實通常還有一段距離。所以牛小姐又說：「事實上要扮成西門吹雪卻是一件非常困難的事。」

「爲什麼？」

「因爲他的劍氣和殺氣。」

——無論誰只要一看見西門吹雪，立刻就會感覺到他那種凌厲迫人的劍氣和殺氣，而且立刻就會被震懾。

「所以這個世界上能改扮成西門吹雪的人並不多，以我的看法，好像還不會超過三個。」

「哪三個？」

「西方玉羅刹、陸小鳳，和司空摘星。」

牛小姐說：「西方玉羅刹就是那個西方魔教的教主，司空摘星就是那個小偷，陸小鳳當然就是那個長著四條眉毛的陸小鳳。」

「自從銀鉤賭坊那件事後，西方玉羅刹好像從未再出現過。」這個白衣人說：「何況他本來就很少在江湖中出現。」

「好像是的。」

「所以我當然不會是他。」

「好像不會。」

「我當然也不會是那個超級混蛋陸小鳳。」

「我看你也不像！」

「所以我恐怕就只有是司空摘星了。」

「恐怕是的。」

這個白衣人長長的嘆了口氣：「你的眼力好像還蠻不錯，只可惜你還是弄錯了一件事。」

「什麼事？」

「司空摘星不是小偷，是大偷，超級大偷。」

「不但是超級大偷，而且好像還是偷王之王。連陸小鳳看見他都頭大如斗。」牛小姐說：「能夠讓陸小鳳爬在爛泥裡去挖六百八十條蚯蚓的人，除了他好像還沒有第二個。」

司空摘星大笑，剛才那種令人不寒而慄的殺氣，已完全消失無蹤。

直到現在，牛小姐才相信陸小鳳說的話，這位偷王之王，實在是個天才，實在是扮什麼就像什麼。

陸小鳳曾經告訴過她：「我曾經在一個叫做『幽靈山莊』的地方，看見過一個人能把自己改扮成一條狗，可是這個人卻說，他的本事還比不上司空摘星的三分之一。」

大鼓和繡花鞋也傻了。

他們雖然已聽見過司空摘星的名字，偷王之王在江湖中名聲之響亮，並不比西門吹雪差多少。

可是他們想不到這個偷王居然卻改扮成劍神，而且能騙過他們。

他們也懂得易容術，幹他們這一行的人，沒有不懂易容術的。

這本來就是一個要做職業殺手的人，最基本的條件之一。

可是他們想不到一個人竟能在一瞬間把自己的氣勢和聲音完全改變。

要改變一個人的容貌不難，要改變他的聲音就難了，他一定要先學會傳說中那種可以控制喉嚨肌肉的本事。

所以大鼓什麼話都沒有說，從身上掏出一疊銀票，用雙手送到牛小姐面前，擺在地上，然後就像一隻肥肥胖胖的蝴蝶一樣飛走。

繡花鞋也沒有說話，也走了，走時的腳步聲當然要比來時輕得多。

司空摘星帶著笑看她走，忽然問牛小姐。

「你爲什麼不留下她？」

「我爲什麼要留下她？」

「因爲她好像還有一樣東西忘記還給你了！」司空摘星看著大鼓留下來的銀票：「這一類的東西，通常都不大容易被人忘記的，就算她忘記，你也不該忘記。」

他解釋：「因爲你們都是女人。」

「我對女人的經驗雖然沒有陸小鳳那麼多，可是也不算太少。」司空摘星再補充說明：「根據我的經驗，金銀珠寶這一類的東西，一到了女人手裡，就好像一罈三十年陳的女兒紅到了陸小鳳肚子裡一樣，再想要他吐出來，恐怕比登天還難。」

「這一次你錯了。」牛小姐說。

「哦。」

「就因爲我是女人，所以我才沒有留下她。」

「爲什麼？」

「因爲我忘記了，」牛小姐笑得像一朵純潔的小百合：「因爲我根本就忘記了把銀票給她。」

「你沒有忘記給大鼓，卻忘記給她？」

「嗯。」

「為什麼？」

「因為她是女人，我也是女人。」牛小姐說：「別人卻以為女人只提防男人，那是錯的。」

「這就對了。」

——女人對女人總是比較了解得多一點的，對不對？

「現在我只有一件事不明白了，」牛肉湯問偷王：「你能不能告訴我？」

「能。」

司空摘星說：「我雖然不是陸小鳳，可是我也不大會拒絕像你這麼漂亮可愛的小女孩。」

牛肉湯笑：「你至少還有一件事跟他一樣，你的嘴也跟他一樣甜。」

——你嘗過他的嘴，你想嘗嘗我的嘴？

牛小姐不但漂亮可愛，而且聰明，像陸小鳳和司空摘星這種壞男人，心裡想做什麼事，不必等到他們說出做出，她已經知道。

所以她根本不讓這個壞男人有開口的機會，立刻又搶著說：「我要老實和尚替我寫的那封約戰西門吹雪的信，你怎麼會看見的？」

「你怎麼知道我看見過？」

「如果你沒有看見，怎麼會冒充西門吹雪到這裡來？」

「這道理好像很簡單的樣子。」司空摘星在嘆氣：「我相信你一定認為事情一定就是這樣子的。」

他這口氣嘆得真長：「只可惜這次你錯了。」

「難道事情不是這樣子嗎？」

「不是。」

「不是這樣子，是什麼樣子的呢？」

「這問題現在我還不想回答你。」司空摘星說：「現在我只想喝一碗又滾又燙的大碗牛肉湯。」

「而且還要是我親自燉的。」

司空摘星大笑：「這次你對了。」

三

牛肉湯端上來了，果然又滾又燙，而且是用特號大碗裝上來的，湯已經燉得比米湯還濃，湯裡的肉是用牛身上三個最精彩的部份集合到一起燉的，牛是一條最精彩的牛。

像這麼樣一碗牛肉湯，如果配上兩三個硬麵饃饃、一蝶雲南大頭菜，再配上一蝶蘭花豆腐乾和一包花生米來下山西老汾酒，就算有人用兩百八十六樣菜的滿漢大全席來換，你也會說：「不換。」

當然是不換的，換了就是烏龜了。

司空摘星不是烏龜，也不是王八，司空摘星是吃客、是行家，而且是個大行家。

他喝了幾口湯，吃了幾塊肉，就閉上眼睛，從鼻子裡慢慢的吐出了一口氣。

「腱子肉，小花捲腱子肉，三分肥的牛肋條，再加上一點白腩和牛筋。」司空摘星嘆著氣問牛小姐：「這條牛更精采了，是不是從小用酒拌小麥餵大的？」

「是。」

「這碗牛肉湯是不是已經燉了四、五個時辰？」

「是。」

「可是我剛坐下，你的牛肉湯就端上來了！」

「我要去求人時，牛肉湯總是早就準備好了的，」牛小姐說：「因爲我外婆常常對我說的一句話，我從來也沒有忘記過。」

「她說什麼？」

「她常常告訴我，要去抓一個男人的心，最快的一條路就是先打通他的腸胃。」

「她說得好，」司空摘星大笑：「你外公一定比這個世界上大多數男人都有福氣！」

牛小姐嫣然：「他也比這個世界大多數男人都胖。」

司空摘星笑，牛小姐也笑，兩個人的笑聲忽然又停頓，你看著我，我看著你。

先開口的當然是司空摘星，因爲他已經喝過牛肉湯。牛肉湯通常都不是可以白喝的。

「西門吹雪是個什麼樣的人，你也應該知道。」他問牛小姐：「他的信是不是別人可以看得到的？」

「不是。」

「所以我根本沒有看見那封信。」司空摘星說：「我只不過看見一個和尚，一個不老實的老實和尚。」

牛小姐笑：「那個和尚好像真的有點不太老實。」

「可是那個和尚比你聰明。」

「他哪點比我聰明？」

「他知道西門吹雪看到那封信之後，那封信立刻就會變得像一個想自殺的女人的心一樣。」

「這是什麼意思？」

「一個女人爲什麼想自殺？」

「因爲她的心已經碎了，被一個男人撕碎了。」

「那封信也一樣。」司空摘星笑：「那封信一定也被一個男人撕碎了，那個男人就是西門吹雪。」

牛小姐也笑，她不能不笑。

「那個和尚算準西門大劍客絕不會去赴一個無名小子的約，因爲那位大劍客的眼睛一向是長在頭頂上的。」

「那位大劍客如果常常赴這種約，恐怕連生孩子的時間都沒有了。」

「既然他不來，所以你就來了？」牛小姐問司空摘星：「可是你爲什麼要來呢？」

「因爲我是陸三蛋的朋友，西門吹雪不去救他，我當然要去。」

「陸三蛋？」牛小姐奇怪了：「陸三蛋是誰？」

「陸三蛋就是陸小鳳。」司空說：「因爲他不但是個混蛋，而且是個窮光蛋，有時候他甚至還是個笨蛋。」

牛小姐想笑，卻沒法笑。

「這一次你又錯了。」她一本正經的告訴司空摘星：「陸小鳳絕不是一個蛋，不管他是什麼東西都有可能，我都可以保證他絕不是一個蛋。」

「爲什麼？」

牛小姐又笑了。

「你有沒有看見過一個長眉毛的蛋？」她問司空摘星：「你有沒有看見過一個蛋上長著四條眉毛？」

司空摘星從來都不會投降的，就算要和陸小鳳比賽翻觔斗，他也不投降。

可是這次他投降了。

十五 角落裡的神秘夫妻

一

西門吹雪從來也沒有吹過雪，無論落在什麼地方的雪，他都不會去吹的，這個世界上大概沒有一個人會去吹雪。

西門吹雪吹的是血。

他劍上的血，仇人的血。

盆裡的水還是溫的，還帶著梔子花的香氣。

西門吹雪已經把他自己全身上下每一寸地方都徹底洗過。

現在他正在更衣束髮，修剪指甲。

他已經爲自己準備了一套嶄新的衣服，從內衣襪子到外面的長衫都是白的，白如雪。

他甚至已齒戒了三天，只吃最純淨簡單的食物和純淨的白水。

因爲他認爲現在要去做的事，是最神聖也最聖潔的一件事。

他要去殺人。

二

狀元樓是這個地方最大的一個酒樓，生意最好，人最多，最熱鬧，也最吵。尤其是在「飯口」。

「飯口」的意思，就是大家都要吃飯的時候。

現在正是飯口，狀元樓上本來吵得就像是一大鍋糖炒栗子。熱鬧得就像是一大鍋什錦大鍋菜，可是現在卻忽然靜了下來。

因爲樓梯上有兩個人上來了。

第一個走上來的人，是個美得有點野的大姑娘，健康、結實，滿身都充滿了彈力和野性，卻又野得好看得要命。

這麼樣一個女人，本來應該是很受人注意的，不管在什麼地方出現都一樣。

可是今天卻不一樣，今天在這個酒樓上的人，居然好像連看都沒有看她。

因爲第二個走上來的人在一瞬間就把每個人的目光都吸引過去了。

這個人的臉蒼白瘦削冷漠而驕傲，一身白衣如雪。

這個人的身上彷彿帶著種比冰雪更冷的寒氣，可以把每個人的聲音和笑容都凍僵。

這兩個人當然就是司空摘星和牛肉湯。

司空摘星不管在什麼地方出現都不會受人注意的，他根本就不喜歡被人注意。

他只喜歡在沒有任何人注意的情況下，安安靜靜的去做他要做的事。

他要去做的事通常都是「偷」。

一個總是會受人注意的人，怎麼能去偷？怎麼能做到偷王之王？

一個總是受人注意的人如果專去偷，那麼他現在就不會出現在一個燈光通明的酒樓上了，因爲他現在早就已經躺在一間又狹又小又黑暗的牢房裡，希望明天早上能有一點陽光從那離地很高的小窗戶照進來，好讓他抓臭蟲、捉蝨子。

一個自稱在這一方面很有經驗的人曾經說，如果你身上只有兩三個蝨子，會把你咬得癢得要命，癢死爲止。可是你身上如果有兩三百個蝨子，隨便它們怎麼咬，你都不會癢，就算它們全都用力咬，你也連一點癢的感覺都沒有。

你信不信？

司空摘星本來是不是個受人注意的人？誰也不知道，因爲誰也沒有看過他本來的樣子。

大家只知道，平常他不管在什麼地方出現，都是一副爺爺不疼姥姥不愛的樣子，就算他跪下來求人多看他一眼，也沒有人要看。

可是今天不一樣了。

今天他不是那些讓人連看都懶得去看的討厭鬼可憐蟲，今天他也不是司空摘星。

今天他甚至可以說什麼人都不是，因爲今天他是西門吹雪。

天上地下，獨一無二的西門吹雪。

天上地下，獨一無二的劍。

三

劍在腰，如箭在弦。

在三十歲以前，西門吹雪的劍總是斜掛在背後的，用一種非常巧妙而實用的繩結，用那柄形式奇古的狹長烏鞘，繫在後背。

因為他覺得只有這種佩劍的方法才可以使他的行動保持在最靈敏的狀態，也可以讓他拔劍最快。

現在「靈敏」與「快」都已經不是他注重的事了。

在這一方面，他已完全超越，超越了他自己，超越了劍。

超越了他自己的極限，超越了劍的極限。

「超越」絕不是件簡單的事，更不容易，無論你要超越什麼，都一定要付出代價。相當大的代價。

沐浴更衣束髮修剪指甲，這一類的事，本來是西門吹雪絕不會做的。

名優、名妓，各式各樣的身分的名女人，都可能是為他做這種事的人，他自己卻不做。

因為他是人中的貴族，劍中的神。

陸小鳳甚至說：「西門吹雪這個人，根本就不是人。」

每個人都喜歡的事，他不喜歡，每個人都做的事，他不做。

他似乎已遠離人世，他的劍已將他與人世隔絕。

他自己也寧願如此。

想不到的是，他還是「碰上」了，碰上了一個女孩子，碰上了一個讓他不能不重回人世的女孩。

這種事是誰都沒法子可以避免的，就連西門吹雪都一樣沒法子。

所以他也做了一些「人」做的事——碰上、相愛、結婚、成家、生子。

他甚至，他居然也有了人的感情。

所以他幾乎敗了，幾乎死，敗就是死，在「月圓之夜，紫禁之巔」那一仗裡，他幾乎死在白雲城主葉孤城的「天外飛仙」之下。

西門吹雪可以死，卻不能敗。

西門吹雪的劍永不能敗，而且必將成爲人類的傳奇之一。

這一點是他一定要保持的，因爲這不但是他的責任，也是他的命運。

所以他一定要再「入神」，劍之神。

所以他一定要和人分離。

所以在他的妻子生產後，在他最摯愛的女人生下他唯一至親的骨血後，他就和他們分離了。

這就是他付出的代價。

西門吹雪默默的佩上了他的劍，默默的走出了這扇只屬他的窄門。

無論這扇門在什麼地方，都是屬於他的，屬於他一個人的。

因爲他就是西門吹雪。

因爲這扇門就是生死之門。

門外有一輪明月。

四

司空摘星已經在叫菜了。

店裡的伙計一直恭恭敬敬筆筆直直的站在旁邊等著他點菜，雖然站得筆直，腿卻還是有點發抖。

可是他叫過菜之後，這個伙計的樣子就有一點變了。

司空摘星要的菜是——

「一碟清炒青菜，一碟白煮豆腐，兩個白煮蛋，兩個白饅頭，一壺白水。」

這個世界上也不知道有多少城市鎮集村店，每個地方都不知道有多少賣酒賣飯的酒樓飯舖麵店小館，這些樓舖店館裡的伙計，更不知道有多少。

我們唯一可以確定的是，不管在什麼地方，不管在什麼樣一個店舖樓館裡，不管是一個什麼樣的伙計，聽到一個客人居然會點這麼樣幾個「菜」之後，臉色都會變的，不變才是怪事。

狀元樓的這個伙計，現在看著司空摘星的表情，就好像一個花花公子突然發現自己是個太監一樣。而且還是個有女人陪在旁邊的太監。

牛肉湯的表情雖然沒有這麼吃驚，也沒有這麼慘，也差不了太多了。

她忍不住要問司空摘星：「你剛才叫了些什麼東西給我們吃？」

「你是不是聾子？」

「我不是。」

「我剛才叫了些什麼東西，你沒有聽見？」

「我聽見了。」牛大小姐說：「我只不過有點懷疑而已。」

「懷疑什麼？」

「懷疑你。」牛肉湯說：「懷疑你是不是那個揮金如土的偷王之王。」

「哦？」

「據說那個偷王雖然從來不偷值錢的東西，卻比誰的錢都多。」

「爲什麼？」

「因爲他偷的東西，都是別人請他去偷的。」牛肉湯說：「而且無論誰要請他偷東西，都要出很多很多的錢，據說有一次他爲一個人去偷了一個馬桶，那個人居然給了他五萬兩。」

她問司空偷王：「有沒有這回事？」

司空摘星嘆了口氣：「如有一個又好看又可愛的小姑娘一定要說有這回事，我怎麼能說沒有？」

牛肉湯笑了。

她的笑容看起來既不像牛，更不像肉，更不像湯。

如果有人一定要說她笑起來的時候像一碗湯，那麼這碗湯也絕不是牛肉湯，而是一碗好甜好甜的紅棗的蓮子荷花湯。

「如果他偷一個馬桶就可以賺五萬兩，那麼這個偷王是不是已經應該很有錢了？」

「應該是的！」

「有錢的人，通常都是比較小器的人！這個人卻是例外。」

「哦？」

「何況他花錢花得就好像陸小鳳一樣，有時候甚至比陸小鳳還花得快。」

「能賺錢不是本事，能賺也能花錢才是本事。」司空摘星說：「能花不賺，是個混蛋，能賺不花，是個王八！」

牛大小姐笑了。

「做混蛋好像是比做王八好一點！」

「那是一定的！」

「所以你就是個王八，」牛小姐：「你既不是能花不賺的混蛋，也不是賺得滿盤滿缽的偷王，你只不過是個能賺錢而不會花錢的大王八，一個超級的大王八。」

司空摘星好像被罵呆了，他這一輩子，確實也從來沒有被人這麼樣罵過。

他是偷王，就好像西門吹雪大劍神一樣，也就好像陸小鳳就是陸小鳳一樣。

像他們這種人，不罵人已經是客氣了，怎麼會讓別人罵？

這位牛大小姐是不是已經醉了？

「你是不是醉了？」

「我喝的是白水，白水怎麼會讓人醉？」牛大小姐說：「我只不過奇怪，一個只偷一隻馬桶就能賺五萬兩的人，怎麼會在他和一個又好看又可愛的女人吃晚飯的時候，只叫白的。」

「白的？」

「白的菜，白的豆腐，白的饅頭，白的水。」

「爲什麼？」

牛大小姐嘆了口氣：「依我看，那個不老實的老實和尚吃得都一定要比你好一點。」

「只吃這種東西，哪裡有力氣生小和尚！」

司空摘星沒有笑，卻嘆了口氣。

「現在我才知道那個陸小雞爲什麼喜歡你了。」司空說：「你說話的腔調，簡直就好像是跟他在一個模子裡鑄出來的。」

「他究竟是陸三蛋還是陸小雞？」

「兩樣都是。」司空摘星說：「有時候他也是陸小鳥、陸小狗。」

「陸小鳥的意思我明白，他飛起來的確就像是隻小鳥。」

「哼！」

「可是陸小狗我就不明白了。」牛小姐問：「怎麼會有人叫他陸小狗？」

「因爲他的鼻子比狗還靈，八千里之外有堆大便，他都能嗅得到。」

牛大小姐想笑，卻忍住，板著臉瞪著司空摘星看了半天。

「你呢？你究竟是司空摘星，還是滿地吃屎？」

司空怔住，「我怎麼會是滿地吃屎？」

牛大小姐當然有她的道理。

「滿地對司空，摘星對吃屎，字字都可以對得上。」牛小姐說：「何況你吃的這些東西，也不比狗屎好吃多少。」

「這次你錯了。」司空並不生氣：「我叫這些東西吃，只因爲我現在根本不是司空摘星。」

「那你現在是誰？」

「西門吹雪。」司空說：「滿地對西門，吃屎對吹雪，豈非也對得很好。」

「對得真是好極了。」一個人說：「已經好得夠資格去吃一大堆狗屎，再挨一刀。」

酒樓的角落裡有一張桌子，坐著一對夫妻，年紀都很大了，老公瘦小枯乾，老婆白白胖胖，老公愁眉苦臉，老婆喜笑顏開。

這個世界上有很多夫妻都是這樣子的，如果夫妻兩個人都很熱心的去做「一件事」，丈夫總是會比較吃虧一點，老公讓老婆高興了，自己通常都會變得瘦小枯乾，面黃肌瘦。

這個老公和他的老婆本來都是坐在很遠的一個角落裡，忽然間，面黃肌瘦的老公已經坐在司空摘星和牛大小姐旁邊的椅子上了。

有關吃屎挨刀的那些話，當然就是他說的。

司空摘星當然不能不問他：「剛才你是不是說我要挨一刀？」

「是。」

「爲什麼我要挨一刀？」

「因爲你不是西門吹雪。」這個老頭說：「如果你是西門吹雪，我就是滿地吃屎了。」

司空摘星又怔住。

這個老頭本來坐得很遠，他和牛肉湯說話的聲音連旁邊一張桌子都聽不見。這個老頭卻聽見。

這個老頭是誰？

如果司空摘星知道這個老人是誰，恐怕立刻就會暈倒。

——天上地下，有什麼事能讓司空摘星暈倒？

十六　司空摘星摘下了一顆什麼星

一

如果有人說司空摘星的易容術不是天下第一，那麼這個世界上恐怕也沒有什麼人敢承認他的易容術是天下第一了。

「易容術」這個名詞聽起來好像很神秘的樣子，總讓人覺得它和一些神奇詭秘的事情有關，而且常常會牽涉入江湖中一些非常兇險邪惡的勾當。

其實易容術只不過是一種很平常的技術而已——一個很漂亮的女孩子，在演出一齣戲的時候，把自己扮成了一個大鬍子。

——這豈非也是「易容」？

這種事也像其他很多種事一樣，要學會，很容易，要學精，就很難了。

司空摘星的易容術已經到達了一種什麼樣的階段呢？

這是沒有辦法可以形容，也沒有辦法可以解釋的，就好像陸小鳳的指頭、西門吹雪的劍，沒有人能形容他們的成就已經到達哪一種階段。

甚至沒有人能想像。

只不過我們至少可以確定一點——易容術是有限度的。

用一句非常複雜的話來說：

——天下沒有任何一種易容術能讓一個人徹底改扮成另外一個人，而且能瞞過這個人最接近的朋友和親人。

最高深精密的易容術，也只不過能把一個人改扮成一個根本不存在的人，或者是一個沒有親戚朋友會在附近看見他的人，讓別人認不出他是誰。

能做到這一點，易容術就已經有了它的價值，值得千千萬萬的人去苦心學習。

司空摘星的易容術無疑已達到這個階段，甚至已超越。

他甚至已經可以讓陸小鳳都認不出他了。

能夠讓一個比鬼還精的陸小鳳都認不出他，這是多麼大的本事。

可是現在這個本來一直猥猥瑣瑣地在角落裡的小老頭子卻把他認出來了。

你們說，這個小老頭的本事有多大？

這個小老頭的本事之大，甚至已經大得能夠讓司空摘星吃驚了。

更奇怪的是，這個老頭居然能在一個人聲嘈雜的地方，隔著好幾張桌子，聽到他們用很低很低的聲音說出來的悄悄話。

司空摘星居然連一點都看不出這個人的來歷。這種事怎麼能讓他不吃驚？

他終於投降、嘆氣、苦笑。

「我佩服你了。」司空摘星對這個小老頭說：「我知道你也是易容改扮過的，卻看不出你是誰，你反而看出了我。」

小老頭的嘴撇著，也不知道是在笑，還是沒有笑，他只告訴司空摘星：「我不要你佩服，你也不必知道我是誰，我更不想知道你是誰。」這個小老頭說：「我只知道你絕不是西門吹雪。」

這個小老頭用一種讓人非常討厭的樣子對司空摘星說：「你是張三李四烏龜王八都不要緊，我只要知道你絕不是西門吹雪就夠了，」小老頭說：「這一點恐怕還不止我一個人知道。」

他居然還說：「江湖中消息比較靈通一點的人，恐怕都不可能相信西門吹雪此時此刻會陪一個年輕美貌的小姑娘，坐在這個地方吃白饅頭。」

「爲什麼？」

「因爲江湖中消息比較靈通一點的人都知道，西門吹雪現在既不在江南，也不在中原。」這個小老頭說：「在這種情況下，怎麼會有一個西門吹雪出現在這裡？」

這種事的答案只有一個。這個西門吹雪一定是假的。

小老頭說：「只有在這種情況下，我才能看得出你絕不是西門吹雪。」他說：「否則我怎麼看得出來？以你的易容術，誰能看得出來。」

千穿萬穿，馬屁不穿，這真是千古不變的真理，連司空摘星這種人都不能不服。

他現在就服了。

他現在已經覺得這個小老頭並沒有剛才那麼可疑，甚至已經開始覺得他漸漸變得有一點可愛起來。

只不過他還是不能不問：「如果西門吹雪真的已經不在江南，也不在中原，那麼他到什麼見鬼的地方去了？」

「他就是到一個見鬼的地方去了。」

司空摘星看看牛大小姐，牛大小姐看看司空摘星，兩個人幾乎在同時問：「這個見鬼地方是不是在塞外？」

「是的。」

「這個見鬼的地方是不是黃石鎮？」

「是的。」

牛大小姐看看司空摘星，司空摘星看看牛大小姐，兩個人都怔住。

最後開口的居然不是女人，而是男人，牛大小姐居然把嘴閉了起來。

「西門吹雪在外面雖然通常只喝純淨的白水，和最簡單的食物，但他卻是個非常講究，也非常懂得享受的人。」

司空摘星試探著問這個小老頭：「這一次他爲什麼會離開他那棟繁花如錦、佔地千畝的山莊，奔波到千萬里之外，趕到那個花不香鳥不語連兎子都不拉屎的鬼地方去，是爲了什麼？」

沒有回答，卻有反問：「你知不知道他也曾奔波千里，爲了一個素不相識的人去復仇？」

「我好像聽說過。」

這件事不但司空摘星聽說過，大概江湖中每個人都聽說過。

「他曾經爲了一刀鎮九州趙剛，晝夜不停騎快馬奔馳三日夜，去殺陽電刀洪濤。」司空摘星說：「洪濤的『玉連環陽電八刀』刀刀致命，刀下少有活口，趙剛卻是個他從來未見過的陌生人，」司空嘆了口氣：「可見我們這位無情大劍客，卻常常會爲了一點不是理由的理由去做這種事。」

他問這個小老頭：「你說他絕不絕？」

「不絕。」

小老頭的回答卻很絕：「每個人都常常會做一些莫名其妙的事，連你都不例外。」

「這次西門吹雪到黃石鎮去，是不是也爲了一個莫名其妙的理由？」

「是的。」

「這一次他也是爲了一個人。」小老頭說：「只不過這一次破了一個例而已。」

「他爲了什麼？」

「破了什麼例外？」

「破了他自己的例。」

「我還是不懂。」

「他出手，一向很少是爲了朋友，因爲他幾乎沒有朋友，他僅有的朋友，也不會求他出手。」小老頭說：「所以他出手，幾乎都是爲了陌生人。」

「我總認爲他出手通常都是爲了他自己。」司空摘星說：「我一輩子從來也沒有看過比他更自我的人。」他解釋：「自我的意思，就是自私。」

小老頭笑了。

司空摘星看不起西門吹雪，是江湖中很多人都知道的事，起因只因爲西門吹雪看不起他。

「也許你說的對，可是這一次，我卻知道他這麼做既不是爲了他自己，也不是爲了陌生人。」

小老頭說：「這一次他居然是爲了一個朋友！」司空摘星把一大碗白水像喝酒一樣喝了下去，冷笑著問：「我們這位劍神大爺居然會爲了一個朋友做這種事？」

「他偶爾會的。」

「幸好他的朋友不多，」司空冷冷說：「他殺的人遠比他的朋友多一百倍。」

「也許還不止一百倍。」小老頭忍住笑說：「因爲他的朋友很可能只有一個。」

「他這個朋友當然就是那個陸小狗。」

「這個陸小狗，當然也就是陸小雞、陸小鳥、陸小蟲、陸小鬼、陸三蛋。」小老頭說：「也只有這麼多雞蟲鳥鬼蛋，加起來才能夠變成一個陸小鳳。」

牛大小姐在這段時間一直表現得很嫻靜，就好像真的是一位名門閨秀大小姐一樣。

可是她忽然一下子就跳了起來，就好像一條被人踩到了尾巴的母貓一樣跳了起來，瞪著這個小老頭，只瞪了一瞪，忽然又溫溫柔柔的坐了下去，又溫溫柔柔的閉上了嘴，一句話都沒說，一個字都沒說。

我們甚至可以恭維她，這一次她簡直連一個屁都沒有放。

放屁的是另外一個人。

「你說西門吹雪會爲了陸小鳳不遠千里趕到那個鳥不生蛋的黃石鎮去？」司空摘星問這個神秘的小老頭：「你是不是在放屁？」

「我不是。」

這個小老頭用一種很謙虛的態度說：「在你面前，我連放屁的資格都沒有，就算有屁要放，也得憋回去，如果現在有一個屁放了出來，這個屁也不會是我放的。」

不是他放的，當然就是司空摘星放的了。

二

這時候西門吹雪正推開門走出去。

門外有一片黃沙如金，有一彎明月如輪。

司空摘星開始吃饅頭。

他吃饅頭，因爲他肚子餓了，餓得要命，他在動腦筋的時候，肚子總餓得快。

可是他隨便把他的腦筋怎樣去動，他還是想不出坐在他面前的這個小老頭是個什麼樣的人，怎麼可能會知道這些事情？

就算他動腦筋的程度已經可以動得讓他吃三萬八千個饅頭，他還是想不出。

這個小老頭卻想出了他心裡在想些什麼了，而且還看出了他是誰。

「司空先生，現在你是不是已經可以請這位漂亮的姑娘吃一點不白的東西了？」

司空摘星差一點就跳了起來。

「你說什麼？司空先生是什麼人？」

「司空摘星也許不是一個人，」這個小老頭不讓司空摘星發脾氣，就接著說：「司空摘星也許是好幾十好幾百好幾千個人，因爲這位偷王之王的易容術之精妙絕天下，無人可及。」

這是一句老話。

——千穿萬穿，馬屁不穿！老話如果沒有道理，怎麼老得起來？

何況這一次這個小老頭的馬屁居然連續不斷，響個不停。

「我知道你不是西門吹雪，因爲我知道他已在塞外。」小老頭說：「我知道你是司空摘星，只因爲我知道除了司空摘星之外，天下再也沒有第二個能扮成西門吹雪的樣子，也沒有人敢。」

司空摘星笑了，他已經開始發覺這個神秘的小老頭是個愈看愈可愛的人。

問題是，這個小老頭究竟是誰呢？

這個問題不解決，司空摘星就算真的是一匹馬，他的屁股就算真的被人拍了三萬八千下，他還是不會放過這個小老頭的。

所以他一定要問：「現在你已經知道我是誰了，我可不可以知道你是誰呢？」

這個神神秘秘的小老頭的回答又讓人吃了一驚，他居然很乾脆的回答：「可以。」

「可以？」司空摘星好像連自己的耳朵都不太相信了：「真的可以？」

「真的。」

小老頭的回答還是那麼乾脆：「我說可以，就是可以。」

「那麼你現在可不可以告訴我了？」

小老頭的回答又一次讓別人嚇了一跳，因爲他居然說：「不可以。」

「不可以？」司空摘星看著這個人的時候，眼珠子都好像已經快要掉下來了：「爲什麼不可以？」

「因爲我自己都不知道我自己是個什麼人，我怎麼能告訴你！」

「這個世界上是不是還有一兩個人能告訴我你是個什麼樣的人呢？」

「大概還有一個。」

「誰？」

「就是坐在那個角落上的小老太婆。」

三

小老太婆都是一個樣子，就是那麼樣一個小老太婆的樣子。

也許她還不太老，也許她已經開始有點老了，也許她是很好看，也許她根本就不好看。

一個女人是不是一個老太婆，跟這些事是完全沒有關係的。

這個小老太婆，也不知道是醜是靚是老是少。可是不管什麼人看見她安安份份太太平平規規矩矩坐在一個很安全的角落裡，就算這個人是個從來沒有看見過女人的人，都會覺得她是個小老太婆。

司空摘星一直都沒有把她看作是一個不是小老太婆的女人。

可是現在司空摘星忽然發現這個小老太婆並不是一個真的小老太婆了。

他沒有看出什麼破綻來，可是他已經感覺得到。

——陸小鳳看出她的僞裝時，也就因爲這種感覺。

司空摘星明白這道理。

他知道這一次他去面對的並不是一個人，而是一顆星。

就好像他自己這麼樣的一顆星。

等到他知道他去摘的這顆星是一顆什麼星的時候，他真的暈了過去。

十七　帳篷裡的洗澡水

一

牛大小姐後來告訴她的朋友。

「那天我是親眼看到的，」她說：「我看著司空摘星走過去，走到那個小老太婆面前，那個小老太婆勾了勾手指，叫他附耳過去，在他耳邊說了幾句話。」

「然後呢？」

「然後我就看見那個假扮成西門吹雪，故意裝得冷酷無情的司空摘星，表情一下子改變了，瞪著兩個大眼睛看著那個小老太婆，好像連眼珠子都要掉了下來。」牛大小姐說。

「然後呢？」

「然後他就一屁股坐到椅子上，頭頂冒汗，兩眼發直，過了半天才回過神來，才能站起來往回走，嘴裡卻一直還在唸唸有辭，就好像道士作法唸咒一樣，誰也不知道他在說什麼？」

「你也沒有聽見？」

「沒有。」

「那個小老太婆究竟是誰呢？」

「你永遠都想不到的。」牛大小姐說：「我敢保證，就算諸葛亮復生，一定也猜不出那個小老太婆是誰。」

她說：「那天司空摘星走回我們那張桌子的時候，臉上的表情就好像活活的見到了一個大頭鬼。一個腦袋比磨盤還大的大頭鬼。」

二

牛大小姐看著司空摘星走回來時臉上的表情，忍不住問：「你剛才是不是見到了一個大頭鬼？」

「沒有，」司空摘星說：「可惜我沒有，可惜這裡也沒有大頭鬼。」

「可惜？可惜是什麼意思？」

「可惜的意思就是說，我倒寧願我剛才見到的是個大頭鬼。」

牛大小姐壓低聲音問：「難道那個小老太婆比大頭鬼還可怕？」

「哼。」

「她是誰？」

「哼。」

「哼是什麼意思？」

「哼的意思，就是我知道也不能說。」司空摘星說：「何況我根本不知道。」

「你在說謊，」牛大小姐說：「這次我看得出你在說謊。」

這次司空摘星連哼都不哼了。

牛大小姐故意嘆了口氣：「想不到大名鼎鼎的司空摘星偷王之王居然是個這麼樣的人，不但會說謊，而且還是個膽小鬼，別人只不過在他耳朵旁邊說了兩句話，他就嚇得像個龜孫一樣，連屁都不敢放了。」

司空摘星忽然站起來，向她咧嘴一笑：「再見。」他說。

這兩個字還沒有說完，他的人已經連影子都看不見了。

牛大小姐呆呆的坐在那裡，生了半天氣，發了半天怔，還是連一點法子都沒有。

司空摘星要走的時候，誰有法子攔得住他？誰能追得上？牛大小姐的神通再大，也就只有眼睜睜的看著。

她實在快氣死了。

那個賊小偷明明答應陪她到黃石鎮去的，現在卻一走了之。

可是生氣又有什麼用呢？除了生自己的氣之外，她還能生誰的氣？

那對神神秘秘的老夫妻居然還坐在那裡，嘀嘀咕咕的也不知道在說什麼，有時候甚至還鬼鬼祟祟的回過頭來看著她笑一笑。

牛大小姐終於忍不住了。

她忽然像是根彈簧一樣從椅子上跳起來，大步往那個角落走過去。

走過去之後，牛大小姐更生氣了。

這個面黃肌瘦的小老頭，和這個彎腰駝背的小老太婆，吃的居然比兩匹馬還多。

更氣人的是，馬吃草，他們吃的既不是草，也不是「白」的。

他們吃的都是一個身體健康、食慾旺盛的人最喜歡吃的東西。

我們的牛大小姐恰巧正好是一個身體健康、食慾旺盛的人，而且還餓得很。

最氣人的是，這兩個老烏龜非但沒有請她坐下，而且連一點請她吃東西的意思都沒有。

於是牛大小姐的「決心」在忽然之間又下定了，這位大小姐下定決心的時候，是什麼事都做得出。

她忽然坐了下去，坐在司空摘星剛才坐過的那張椅子上，拿起一雙筷子，坐下來就吃，而且專撿好的吃，絕不客氣。

彎腰駝背的小老太婆吃驚的看著她，看了半天，忍不住嘆了口氣：「這個年頭實在變了，我們做小姑娘的時候，不是這樣子的。」

「你們那時候是什麼樣子的？」牛大小姐的筷子並沒有停。

「那時候就算有人請我們吃一點東西，我們也不敢動筷子。」

「那時候你們真的不動筷子？」牛大小姐伏在桌上，吃吃的笑個不停，連她剛挾起來的一大塊京蔥燒鴨子都忘記了吃。

她忽然又覺得這兩個老烏龜並不是她剛才想像中那麼討厭的人。

想不到，這個小老太婆忽然又做出了一件讓她很受不了的事。

她居然握住了她的手，而且用一種充滿了同情的眼色看著她，很溫柔的對她說：「小姑娘，你一定要看開一點，千萬不要再難受。」

「我難受？」牛大小姐好像覺得很驚訝，很意外：「誰說我難受？我一點都不難受呀！」

小老太婆居然好像更驚訝更意外：「你不難受？你真的一點都不難受？」

「我爲什麼要難受？」牛大小姐說：「老太太，你難道看不出我一定是個很看得開的人？」

老太太只嘆氣，不說話了。

牛大小姐也不再說話，準備又接著開始再吃，可是忽然間，她居然吃不下去了。

在這神神秘秘的小老頭和小老太婆之間，彷彿又出現了某種東西，讓她吃不下去。

這種東西當然也是種感覺。一種非常非常奇怪的感覺，我們甚至可以把這種感覺形容爲——奇怪得要命。

所以牛小姐的筷子終於放了下來。

「老太太，」她說：「你剛才是不是在勸我不要難受？」

「唉！」

老太太不說話，只嘆氣。

「那麼，請問老太太，我是不是有什麼原因應該難受呢？」

「唉，我也不知道，」老太太說：「現在的年頭變了，什麼事都變了，我也不知道這種事現在是不是還會讓人難受了。」

她嘆著氣說：「我只知道，在我們做小姑娘的時候，如果遇到這種事，不但會難受，而且還會偷偷的去哭上個十天半個月。」

牛大小姐開始有點著急了：「老太太，這種事究竟是什麼事呢？」

老太太不回答，卻反問：「你知不知道西門吹雪已經到了黃石鎮？」

「我剛聽說。」

「你知不知道他是爲什麼去的？」

「他是爲了去找陸小鳳。」牛大小姐說：「因爲他畢竟還是把陸小鳳當做他的朋友。」

「你錯了。」老太太說：「他不是去找陸小鳳的，因爲這個世界上再也沒有人能找到陸小鳳了。」

「爲什麼？」牛大小姐更著急：「爲什麼？」

「因爲一個活人，是永遠不會去找一個死人的。」老太太說：「一個活人如果要去找一個死人，只有自己先去死。」

她說：「西門吹雪不是去死的，他是去替陸小鳳報仇的。」

——陸小鳳已經死在黃石鎮，這個消息無疑很快就會傳遍江湖。

這位老先生和老太太顯然決不是說謊的人，否則又怎麼會嚇跑牛肉湯？

牛大小姐也不知道自己是怎麼樣走下那個酒樓的，更不知道她聽了那句話之後當時有什麼反應。

她只知道現在她已經在一棵大樹的樹杈子裡，而且已經哭得像一個淚人兒一樣。

——這個年頭和那個年頭都是一樣的，不管在哪個年頭，一個有情感的正常女孩，都會爲一個她喜歡的男人傷心的。

牛大小姐做的事在某一方面看來，也許有一點不太正常，可是她的情感卻決不會比其他任何一個女孩少一點。

她哭出來的眼淚，當然也不會比任何人少。

三

依舊是高原黃土風沙。

黃石鎭似乎是一個被時間遺忘了的地方，也或許是黃石鎭的人故意把時間給遺忘了。

不管是被時間遺忘，抑或是遺忘了時間，兩者之間都有一個共同的特徵——不變。

黃石鎭一點也沒有變。

西門吹雪走入黃石鎭的時候，也跟陸小鳳一樣，第一眼看見的，是一條貧窮的街道和一個窮得要死的人。

這個窮得要死的人當然就是那個自稱是丐幫第二十三代弟子的黃小蟲。

黃小蟲看到西門吹雪，眼睛居然也亮得一如看見陸小鳳時一個模樣。

只可惜西門吹雪不是陸小鳳。

陸小鳳會向他打聽客棧在哪裡，西門吹雪則冷冷的盯著他看。

冷冷的眼神彷彿一雙利箭，穿透了黃小蟲的心坎。他畏畏縮縮的問：「你要找客棧？」

西門吹雪沒有回答。不過，有時候沉默也是一種回答。起碼對黃小蟲這種時常看慣別人臉色的人來說，西門吹雪的沉默就是一種回答。

「大眼」雜貨店後院的小木屋也沒有改變，還是一張木板床，木板床上依舊鋪著一張白床單。唯一不同的是，這張白床單卻是嶄新亮麗的，乾淨得一如西門吹雪身上的衣服。

黃小蟲的目光看著西門吹雪的雙目，西門吹雪的目光則盯著木板床上的紅紙，就是那張上面寫著住宿和食膳費用的紅紙。

黃小蟲很想從西門吹雪的表情中看出一些什麼，然而，西門吹雪的表情彷彿千年寒冰一樣，既冷又硬，好像用劍都穿不透，何況是一雙人眼？

所以黃小蟲只好自己堆起笑容，說：「這是黃石鎭唯一可以住宿的地方，公子還滿意吧？」

「當然滿意，這裡管吃管住之外，什麼事都可以把你伺候得好好的，怎麼會不滿意？」

答話的人當然不是西門吹雪，因爲答話的聲音既清且脆，明顯的表示是女人的聲音。

隨著答話的聲音，「大眼」雜貨店的老闆娘，一直扭著腰肢走了進來。

她臉上堆著風騷之至的笑容，款擺著身軀走到西門吹雪的面前，說：「公子……」

老闆娘的話不但沒有說下去，甚至連臉上的笑容也消失不見了。

雪，遇到溫暖的陽光，當然會溶化，然而，一塊千年寒冰卻不會溶化，不但不溶化，反而會使陽光變冷，變得黯然失色。

西門吹雪冰冷的臉容，已經夠令老闆娘難受的了，他連正眼也沒看一看老闆娘，便轉身走了開去，老闆娘的話，怎麼能接得下去?她的笑容怎麼能不消失?

「公子……公子……」

黃小蟲跟在西門吹雪身後，不停的呼叫。

西門吹雪像一個聾子似的，只是直直的往雜貨店門前走出去。

對黃小蟲來說，這無異也是一種回答。

黃小蟲失望極了，他對著王大眼和老闆娘做了一個無奈的表情，張嘴正想大罵西門吹雪一頓。

他的嘴張開，整個人就愣住，兩眼瞪大的看著門口。

王大眼和老闆娘禁不住也往門口看過去。

——西門吹雪。

走出門口的西門吹雪，忽然來了個大轉身，又跨了進來。

老闆娘的臉，馬上又如春花般綻開了。

可惜西門吹雪就是西門吹雪，他還是連正眼也沒瞧老闆娘一眼。他的眼光，看的不是人，是東西。

他的手，同時也伸向他看到的東西那裡。

那是一個火摺子和一支煙火。

他左手拿起火摺子和煙火，右手一彈，一個元寶就落在櫃台上。

西門吹雪的舉動，自然吸引了老闆娘他們的好奇心。他們情不自禁的跟出門口。

西門吹雪買煙火和火摺子幹什麼？

這個問題馬上就有了答案。

因爲西門吹雪的腳一踏在黃石鎮的泥沙路上，手上的煙火便「咻」的一聲，飛上了黃石鎮的上空。

煙火在天空爆出了刹那間明亮的火花，就被風吹得不知去向了。

不過，西門吹雪的去向，卻是老闆娘他們知道的。因爲他並沒有離開黃石鎮。

他不但沒有離開黃石鎮，而且還在街道上的一塊石頭上坐了下來。像一個入定的老僧，又像一塊終年不見日光的寒冰那樣，坐了下來。

太陽已經落下了，西天抹起了一片紅霞。紅霞映著西門吹雪身上的白衣，彷彿也披上了霞光。

風吹得更大了。但是，大風的聲響卻掩蓋不住急馳的馬蹄聲響。

隨著急驟的蹄聲，二十四騎快馬的形象馬上便出現在黃石鎮外的黃土路上。

快馬奔馳得快，停得也快。

一到了黃石鎮外二十丈的地方，二十四匹快馬一起停了下來。

馬上人一聲不響便跳下馬，二十四匹馬圍成一個長方形。

——他們是什麼人？他們來做什麼？

這是浮現在老闆娘他們腦中的問題。

那二十四個從馬上下來的人，以非常純熟快速的動作來進行他們的工作，其純熟的程度，就好像他們從小到大都在做這件工作似的。

因此，老闆娘心中的問題，在一盞茶還不到的時間，就有了答案。

答案並不複雜：

——他們是來搭一座帳篷的。

帳篷布其白如雪，比西門吹雪身上的衣服還白。因為西門吹雪的衣服，已經在黃石鎮上吹了好幾個時辰的風沙了。

帳篷一搭好，又傳來了馬蹄聲。

這次的馬蹄聲，只是一匹馬的嘀嘀答答而已。

那二十四個人，把帳篷搭好，一聲不響的飛身上馬，奔馳而去。

在二十四匹馬揚起的飛揚塵沙中，一輛馬車緩緩馳近。駕駛馬車的人，身上所穿的衣服，和搭帳篷的人一模一樣，是一身純黑勁裝。

馬車馳至帳篷前停下，馬車後馬上跳下四個也是身穿黑衣勁裝的漢子，四個漢子落地的步伐非常一致，因為他們身上挑著兩根擔挑。

擔挑上是一個大木桶，木桶上面冒著熱氣的白煙。

他們就挑著大木桶走進帳篷裡面。

四個大漢再出來的時候，手上只剩下兩根擔挑。他們也是一言不發進入馬車，馬車伕一提馬頭，馬就的溜溜的轉身，往來路回去。

就在這時，怪現象產生了。

明明是一輛馬車往回走的聲音，卻忽然變成了兩輛馬車的聲音。

「他們在變什麼戲法？」黃小蟲這個小叫化實在憋不住心裡的疑問了。

「你問我？」老闆娘看著小叫化，道：「那我問誰去？」

老闆娘誰也不必問，因爲她已經看到了兩輛馬車交馳而來。

所謂怪現象，只不過是又有一輛馬車往黃石鎮的方向奔來而已。

來車的車伕裝束，和離去的車伕一樣，顯然仍然是同一撥人馬。

這輛馬車停的位置，也正好就是剛走那輛馬車停的位置。

「你猜這次下來的是什麼？」小叫化看了看老闆娘，問道，他的表情，好像他知道了車裡面載著什麼東西似的。

「你以爲還是木桶嗎？你以爲你是千里眼還是諸葛再生？」老闆娘道。

「你怎麼知道我會猜裡面還是木桶？」小叫化道。

「因爲我跟你一樣笨。」老闆娘說。

老闆娘說自己笨是有原因的，因爲她已經看到了從馬車上下來的是什麼人。

不是黑衣人，是白衣人。不是勁裝大漢，是婀娜多姿的少女。

四個少女。兩個雙手各拿一根火把，一個雙手捧著一套純白的衣衫，另一個雙手捧的卻是一條大浴巾。

四個少女一進帳篷，馬車就離去了。

而帳篷馬上明亮起來。

——任何一個帳篷，只要插上四根火把，都會明亮起來的，何況是潔白得近乎透明的帳篷？

「我知道這批人是來幹什麼的。」小叫化用很得意的口氣說。

「你知道？你真的知道？」老闆娘說。

「我知道，我真的知道。」

「他們是來幹什麼的？」

「他們是來送洗澡水的。」

老闆娘舉起了手，揮向小叫化的頭，但是她的手並沒有打到小叫化的頭，不是小叫化躲了過去，而是老闆娘忽然想通了。

她想通了小叫化不是消遣她。這批人真的是送洗澡水來的。於是，她瞪大眼睛，張大嘴巴道：「他真的就是西門吹雪？」

「廢話，除了西門吹雪，還有人一言不發的進入黃石鎮嗎？」小叫化道。

「對，除了西門吹雪，還有人會那麼愛乾淨，不住在黃石鎮唯一的豪華旅館——我的雜貨店嗎？」雜貨店的老闆娘一下子，似乎又變得聰明起來了。

「來到黃石鎭，吹了一天的黃沙，除了西門吹雪，誰還會想到要洗澡，要換衣服？」小叫化的表情更得意了。

老闆娘的雙眉忽然皺了起來。

「你怎麼啦？」小叫化問。

「怎麼啦！你沒有看到西門吹雪帶了多少人馬來黃石鎭嗎？」

小叫化笑了，他道：「你放心，西門吹雪假如靠人多取勝，他早就不是西門吹雪了。西門吹雪之所以是西門吹雪，就是因爲他一向都是獨自行事的。」

「可是這些黑衣人你怎麼解釋？」

「這只是侍候他的傭人而已。在這方面，西門吹雪的表現，一如豪門公子，而不是劍俠。」

於是，老闆娘的雙眉又舒展起來了。

那批黑衣人果然是替西門吹雪送洗澡水來的，因爲等一切都準備好之後，西門吹雪便從石上站起，走向了帳篷。

「我們走吧。」雜貨店老闆看到西門吹雪進入帳篷，便轉身欲返店裡。

「走？要走你們先走。」老闆娘道。

「爲什麼？難道你想看西門吹雪洗澡？」小叫化瞪大了眼睛道。

「你真聰明，」老闆娘嬌笑道：「一猜就中了。」

「洗澡也好看嗎？」雜貨店老闆說。

「別人洗澡不好看，一代劍客西門吹雪的洗澡，卻是千載難逢的好戲。」

雜貨店老闆皺了皺眉，轉身離去。

「慢著！」小叫化忽然叫了起來。

「幹什麼?難道你也想看西門吹雪洗澡？」

「噓，你聽。」小叫化道。

馬蹄聲。一匹馬的馬蹄聲。

雜貨店老闆看著小叫化，小叫化看老闆娘，老闆娘看著雜貨店老闆。

也難怪他們面面相覷的，帳篷搭好了，洗澡水抬來了，更換的衣服也送來了，四個侍浴的女子也來了，這匹馬是來幹什麼的?

很快的，就看到了馬，也看到了馬上人。

馬上的人，這次不是穿著黑衣的大漢，而是身穿碎花布衣的女子。

這個女子策馬奔近帳篷，飛身下馬，人就往帳篷裡面衝。

她只進入帳篷裡一下子，人就退了出來。退出之後，她並沒有上馬，反而牽著馬向著老闆娘的方向走了過來。

「你的生意上門了。」小叫化對著雜貨店老闆說。

「什麼生意？」

「你後面的破房子，今天晚上有人來投宿了。」

「你怎麼知道？」

「你沒看到這個女子只進去一下就出來了嗎？她一定想跟西門吹雪借宿在帳篷一角，卻被趕了出來。西門吹雪一定對她推薦黃石鎮獨一無二的豪華旅館——你的雜貨店。」

「從你看到西門吹雪起，他一共跟你說過幾句話？」雜貨店老闆問。

「一句也沒有。」

「那你以爲西門吹雪會大費唇舌，對這個女子推薦我的豪華旅館嗎？」

小叫化搔了搔頭，道：「不推薦也無所謂，反正黃石鎮只有你那裡可以投宿，她只要想過夜，你的生意一定上門的。」

雜貨店老闆沒有回答他，因爲這個女子已經走近他們身邊了。

「要投宿嗎？」小叫化一看到這個美貌的女人，眼睛就亮了起來。

「是要投宿，不過這是第二件事。」

「我知道你的第一件事是什麼。」小叫化臉上的笑容更明亮了。

「你真的知道？」

「當然，投宿的人通常都是趕了很久的路，肚子一定餓了，他的第一件事一定是想吃東西，所以你的第一件事一定是想知道哪裡有東西吃，對不對？」

「錯了。」

「哦？」

「第一，假如我要吃東西，我也只吃我自己做的東西，第二，我來這裡以前，已經吃得飽飽的。」

「那你……」

「我是來傳話的。」

「傳話?傳什麼話?」

「傳西門吹雪的話。」

「……」小叫化說不出話了，他只是張大了嘴巴。

「他要你傳什麼話?」老闆娘開口道。

「我剛才一進帳篷，你知道他說什麼嗎?」

「說什麼?」小叫化道。

「他說:走開。」

「那你就走來這裡了?他並沒有要你傳話呀!」小叫化說。

「有。」

「有?我不懂。」小叫化搔著頭說。

「你馬上就懂的。因爲他說走開，不是叫我走開，而是要你們走開。」

「你怎麼知道他不是要你走開?他怎麼可能叫我們走開?是你走進他的帳篷的呀!」

「不錯，可是，走進帳篷並沒犯錯，犯錯的是偷看人家洗澡的人。」這個女子看著老闆娘，道:「他要我傳的話，雖然只是走開兩個字，但是這兩個字的意思就是，要我來叫你們走開，別偷看一個大男人洗澡。」

「你是他什麼人？」老闆娘道：「你是他肚子裡的蛔蟲嗎？不然，你怎麼知道他的意思？」

「我當然知道他的意思。」

「為什麼？」

「因為我是他的朋友，西門吹雪從來不會叫他的朋友走開的。」

老闆娘不說話了，小叫化和老闆也不說話了。

看了看雜貨店裡小木屋內牆上的紅紙之後，這個女子對著老闆娘說：「我決定住了，要先付錢嗎？」

「當然。」小叫化道。

「我不是問你，這裡到底誰是老闆？」

小叫化不說話了。

老闆娘接過五十錢以後，向小叫化遞了遞眼色，轉身往房門外走。

「慢著。」這個女子道。

「怎麼啦？難道又要傳西門吹雪的話嗎？」小叫化道。

「奇怪了，你怎麼知道的？」

——真的傳西門吹雪的話？

小叫化不禁搔起頭來，道：「你不是說你進了帳篷，他只對你說了走開兩個字嗎？」

「不錯，可是這兩個字包含有多少意思，你知道嗎？」

「我怎麼會知道？我發現你真是無理到極點。」

「你現在才知道呀！你知道我叫什麼名字嗎？我的名字叫牛肉湯，名字就已經夠無理了吧！」

小叫化又不說話了。

「你聽著，西門吹雪說，你們鎭上的人，明天從太陽曬到屁股的時候開始，一個一個的，輪流到他帳篷裡去，他有話要問你們。」

「他以爲他是誰？他是皇帝嗎？」小叫化道。

「是的，他現在就是黃石鎭上的土皇帝。」牛肉湯說。

「假如我們不去呢？」老闆娘道。

「不去？不去也可以，不過，不去的話，恐怕以後就走不了囉。」

「爲什麼？」

「沒有腳的人，能走嗎？」

四

陽光，使飛揚的塵沙更加顯眼了。陽光，也使黃石鎭外的白帳篷，被照射得更加特出。

帳篷的前面敞開了一塊，可以看到裡面擺著一張桌子，桌子旁邊坐著兩個人。

一個是面容冷峻的西門吹雪，一個是滿臉燦然嬌笑的牛肉湯。

桌上有菜，小菜。桌上也有酒，烈酒。

牛肉湯指著黃石鎮上一個踽踽而行的人影，道：「來了！來了！」

西門吹雪依舊是那副冷峻的表情。

牛肉湯似乎毫不介意那副冷峻的表情，仍然用她銅鈴似的嬌聲，道：「我昨晚自作主張，要黃石鎮上所有的人，一個一個來這裡。你看，現在第一個人來了。」

西門吹雪還是沒有開口。他唯一動的是手，舉起杯，緩緩的喝著杯中酒。

「他們來了之後，我就代表你，向他們問話，向他們打聽陸小鳳的下落，你說好不好？」

還是沒開口。

「不過我先說明，我講的話，全部都是你的意見，如果一言不合，他們想大打出手，這交手嘛，一定要你才成啊。」

西門吹雪還是沒說話，只是用冷冷的目光，盯著走近帳篷的人。

「來者何人？」牛肉湯道。

這個人看了看西門吹雪，一接觸到那雙其冷如箭的眼睛，連忙轉移視線，看著牛肉湯。

「我姓趙，叫趙瞎子。」

「你眼睛也不瞎，爲什麼叫趙瞎子？」

「這叫無理嘛，就跟姑娘身上一樣，既沒有牛騷味，也不是濕淋淋的跟碗肉湯一樣，爲什麼叫牛肉湯？」

「唔，你的嘴巴很厲害，我也不跟你鬥嘴，我現在要問你，你給我聽清楚了，我問的話，不是我的話，是代表這位西門吹雪大俠的話，你必須老老實實回答，不然的話，哼哼，到時你如果真是人如其名，就不太好玩了。」

「姑娘想知道什麼消息？」

「不是我想知道，是這位西門大俠想知道。」

「是。」

「好，我問你，你見過陸小鳳沒有？」

「見過。」

「在哪裡？」

「這裡，黃石鎮。」

「好，那他的人呢？」

「死了。」

「死了？」牛肉湯瞪大了雙眼，張大了嘴巴。

西門吹雪卻一點表情也沒有。

「你沒有騙我？」牛肉湯的聲音略顫抖。

「你如果不信，你可以問後面來的人。」

「我當然不信，」牛肉湯道：「誰會相信陸小鳳會死？你信嗎？」

牛肉湯望著西門吹雪，用微顫的聲音又問一遍：「你相信嗎？」

西門吹雪沒有回答，他的雙目，只是一味注視著黃石鎮上又來的一個人。

這個人是小叫化。

然後是雜貨店的老闆，然後是老闆娘。

他們都異口同聲說：「陸小鳳死了。」

牛肉湯相信了嗎？

「我不相信，還有一個人，如果他也說陸小鳳死了，我也許會相信。」

「誰？」老闆娘臨走前問。

「沙大戶。」

沙大戶沒有來，來的是沙大戶家裡的一個家僮。

這個家僮帶了一張帖子上面寫著的，無外是仰慕西門吹雪的大名，要請他去共進晚餐。

牛肉湯看完了帖子上的字，又氣又急，她忽然從身上掏出了三個沙漏。

她把三個沙漏放在桌上，對那個家僮說：「你看到這三個沙漏嗎？」

家僮點頭。

「這第一個倒過來的時候，沙就會漏到底部，漏完了，也就是你回到沙大戶那裡的時候，你懂嗎？」

家僮點頭。

「這第二個，我會在第一個完了的時候倒過來，沙漏光以後，也就是沙大戶要到這裡的時候，你懂了嗎？」

家僮點頭。

「這第三個嘛，假如沙大戶來了，就沒有用了，如果他不來，那第三個的沙子還沒倒光，沙大戶的頭就不見了，你相不相信？」

「我相信，我相信。」

「那你就趕快回去吧，我現在可要把第一個沙漏倒過來了。」

家僮嚇得臉無人色，像一隻狗般飛奔而去。

五

第一個沙漏的沙已快將全部漏到底部了，牛肉湯看了西門吹雪，道：「那個家僮，該已到了吧？」

西門吹雪沒有說話，眼睛也沒有看沙漏一眼。

牛肉湯卻又已把第二個沙漏倒過來了。她倒沙漏的手竟然有點發抖。

是否她在懼怕沙大戶的來臨？是否她在懼怕沙大戶也會說出陸小鳳已死的話？

不管她懼怕還是不懼怕，要來的，終歸是要來的。

其實，就像沙漏中的沙一樣，一點一滴的逐漸積聚起形狀來。

而第二個沙漏的沙也快將漏完了。

遠遠的，沙大戶的人影正在急急行來。

牛肉湯整個人也微微的抖了起來。

西門吹雪這次居然發覺到牛肉湯在顫抖，他居然開口說話了：「鎮靜！」

冷冷的兩個字，卻有溫暖的效果，牛肉湯不抖了。

牛肉湯真的鎮靜下來了。她以鎮靜的語氣，對著行近帳篷的沙大戶說：「你就是沙大戶？」

「不錯，鎮裡的人都叫我沙大戶。」

「不錯，你確實很像個大戶人家。」

「牛姑娘誇獎了。」

「我沒誇獎你，做大戶人家，一定要識時務，不識時務的人，能在地方上成爲大戶嗎？」

沙大戶笑了，他只是一味笑著。

牛肉湯又說：「不過，你以後能不能再繼續做大戶，那就不一定了！」

「哦？爲什麼？」

「因爲這要看你現在是不是也識時務。」

「不識時務，我現在會站在這兒嗎？」

「那就好，那我現在就代表這西門大俠問你一個問題，你要老老實實的回答我。」

「什麼問題？就是你今天問鎮裡其他人的問題嗎？」

「你既然已經知道，那你就直接回答吧。」

「我應該怎麼回答？」沙大戶說。

「照實說就對了。」

「照實說？照實說你們不相信呀！」

牛肉湯的臉色已經大變了，變成了一片蒼白。她張開口卻說不出話來。

一滴淚珠，在她眼角愈聚愈大，終於緩緩滾下她的臉頰。她又張嘴，聲音哽咽：「你是說他……他已經……已經死了嗎？」

沙大戶的聲音忽然顯得冰冷，他說：「是的，已經死了！」

牛肉湯說不出話了，她的雙手，把臉遮掩起來。

西門吹雪卻又說了一句話。

「你有證據？」

「有。」

六

最好的證據，當然是看到陸小鳳的屍體。

要看陸小鳳的屍體，當然要去棺材舖。

這是沙大戶說的。

一般人的屍體，都是葬在墳墓裡的，為什麼陸小鳳的屍體，卻要到棺材舖裡看？

因為沒有人來收的屍，黃石鎮的人是不會去埋葬的。

這也是沙大戶說的。

沙大戶話說完了，棺材舖也到了，就好像他的話，早已算好了一樣，不多一句，也不少一句，剛好說到棺材舖門前爲止。

趙瞎子彷彿早就知道他們會來，他冷哼一聲，說：「我的話你們不信，沙大戶的話你們才信。唉！這叫真理也要靠權勢呀！」

他的話很有道理，可惜他的話說了等於白說，因爲所有的人，根本都沒在意他的存在，只是跨著腳步，走進棺材舖。

牛肉湯這回真的哭了，不但哭，還哭得很大聲。

事實上，看到了棺材，又看了棺材前的靈牌，誰不傷心？

連西門吹雪一向冷峻的面容，也似乎微微的變了一下。

因爲靈牌上寫的，正是：「故友陸小鳳。」

西門吹雪又開口了，他說的，還是很簡單的兩個字：「打開。」

「我早就知道一定會有人來看他，」趙瞎子說：「所以棺材一直沒釘上。」

「打開。」西門吹雪說的，還是這兩個字。

趙瞎子看了沙大戶一眼，兩個人連忙把棺材蓋拿到地上。

牛肉湯哭得更大聲了。

趙瞎子忽然看著牛肉湯，道：「你一味在哭，你知道棺材裡躺的，一定就是你說的陸小鳳嗎？」

牛肉湯不哭了，她瞪著大眼看著趙瞎子。良久，她才緩緩的走至棺材旁。牛肉湯很仔細的看著棺材裡的人，她看他的臉，也看他胸膛上致命的傷口。

然後，她忽然笑了起來。

她仰頭大笑，伸手指著趙瞎子：「你真有意思，居然說他不是陸小鳳……」

她的笑聲，忽然變得很淒厲。

西門吹雪凝視了陸小鳳的屍身很久，臉上表情卻一直沒變。

他凝視著，直到牛肉湯那淒厲的笑聲變成號哭，由號哭而變成啜泣，他才開口，說了兩個字：「闔上。」

棺材蓋蓋回原狀之後，牛肉湯不哭了，西門吹雪卻忽然又說了兩個字：「下來。」

西門吹雪說這句話的時候，頭並沒有抬，抬頭的是牛肉湯、沙大戶和趙瞎子。

他們一抬頭，就看到了一個，倒吊在屋簷，臉向窗內的人頭。

這個人頭馬上變成一條人影，用一種幾近連爬帶滾的方式跳了下來。

「小叫化子，」趙瞎子開口說：「你躲在窗外幹什麼？想偷棺材呀？」

「去你的烏鴉嘴。我偷棺材幹什麼？假如要偷，還不是爲了你。」

「那你想幹麼？」

「我不想幹什麼，我是來送帖子的。」

「送帖子？給誰？」

「當然不是給你，你這副陰陽怪氣的儀容，誰會送這帖子給你？是送給這位西門大俠的。」

帖子內容很簡單，只有三十五個字：

聞大俠遠來，不勝仰慕，妾雖被貶天涯，亦不能不略表敬意，明日午時，僅以粗茶，為君洗塵。

憑這三十五個字，西門吹雪會赴約嗎？

當然不會。他是來找陸小鳳的，陸小鳳死了，他就要追查陸小鳳的死因，怎麼有心情去喝粗茶？

可是，他還是去了。

因爲，帖子旁邊還有一行字：

又及：陸大俠死因，妾略知一二。

十八　宴無好宴

一

假如要問誰是江湖上最不懂禮貌的人，答案倒非常簡單。

——西門吹雪。

一個從來不多講話的人，他當然是不會講無聊的客套話。

所以嚴格的來說，只要明白西門吹雪的爲人，就不會認爲他是個不懂禮貌的人。

因此，在江湖上，唯一不懂禮貌的人，就剩下一個了。

——牛肉湯。

她不但不懂禮貌，而且也不講禮貌。

因爲她一看到宮素素，馬上就用逼人的語氣問：「你知道陸小鳳的死因？」

假如要問江湖上誰的修養最好，恐怕要數宮素素了。

因爲宮素素聽了牛肉湯的話，居然沒有生氣，連臉色也沒變一下，依舊維持她那冷艷高貴的表情。

她只是長長嘆了一口氣，說：「那麼好的人，爲什麼偏偏那麼早死呢？」

「是誰殺他的?」牛肉湯又追問。

宮素素又是長長的嘆了一口氣,說:「陸小鳳是我最仰慕的人,居然死在黃石鎮上,我實在難過極了。」

「講難過,最難過的應該是我。」牛肉湯說。

「爲什麼?」

「難道你不知道我和他的關係?」牛肉湯說:「你快告訴我,是誰殺的?我一定要替他報仇。」

「誰殺的?誰能殺得了陸小鳳?能殺他的人,當然是他最親近的人,是他最不會提防的人。」

「是誰?」

「你馬上就知道了。我已經派人去把這些人找來,他們還沒來以前,我們爲什麼不多喝兩杯,遙祝陸大俠在天之靈?」

宮素素又長長的嘆了一口氣,舉起杯子,一飲而盡。

牛肉湯也舉杯一飲而盡。

連西門吹雪也以平常少見的快動作,把杯中酒一下喝光。喝完了,他把杯子從口中放回桌上。

這時,他的右手正拿著杯子。

這時,他的動作是把杯子放回桌上。

這時，他身後的紗幔裡忽然飛出來一個人。

一個手上握劍的人，女人。

西門吹雪放下杯子的這一刻，正是刺殺他的好時刻。因爲他剛喝完酒，注意力並不集中，而且他正要放下酒杯，右手的動作也正鬆懈。

這個女人似乎算準了會一擊而中。

她錯了。

西門吹雪假如這麼容易被刺中，他早就不是西門吹雪，是一個死人了。

死人不會動，西門吹雪會。

西門吹雪的身子，正好藉助手按杯子的力量，向右方斜斜的飛了出去。

行刺的女子，一擊不中，卻沒有再攻擊，她只是站著，站在廳堂的中央，面對著西門吹雪。

西門吹雪依舊冷峻的站著，彷彿什麼也不看似的看著這個女子。

宮素素站了起來，大聲叱喝道：「宮萍，你想幹什麼?」

「我聽說西門公子的劍術已經練到無劍的境界，我想領教一下。」

「哼!我看你是活得不耐煩了。」牛肉湯道。

宮萍連看都沒看牛肉湯一眼，雙目定定的注視著西門吹雪道：「拔劍吧。」

「我看你真的是活得不耐煩了，」牛肉湯說：「你居然敢叫西門大俠拔劍，你知道他一拔劍的後果嗎？」

宮萍依舊沒有理她。

牛肉湯卻又說：「你死定了。」

宮萍冷笑，道：「每件事都有例外的。」

話一說完，她就舉劍刺西門吹雪，一口氣連攻了二十四招。

西門吹雪的身體快速無比的連換了二十四個位置，然後，就是劍光一閃。

沒有人看到西門吹雪是怎樣拔劍的，也沒有人看到西門吹雪的劍是怎麼刺向宮萍的，他們看到的，只是一閃。

就是那一閃，宮萍就已倒下。

二

宮萍倒地發出「呼」的一聲，「呼」的一聲過後，竟然傳來了沙大戶的笑聲。

「好劍法！」沙大戶一邊拍掌，一邊自門外走了進來。

「西門吹雪無劍的境界，果然名不虛傳。」沙大戶身後，跟著進來了老闆娘、雜貨店老闆和小叫化黃小蟲。

雜貨店老闆看著西門吹雪和牛肉湯，說：「其實，我早就知道誰是兇手了。」

「是誰？」牛肉湯問。

老闆笑而不答，答話的是老闆娘。

「他根本就不知道誰是兇手。」
「你爲什麼認爲我不知道誰是兇手？」
「你如果知道，你會不早說嗎？」
「早說？早說出來，我會活到現在嗎？」
小叫化這時忽然插口道：「你不怕兇手殺你滅口？」
「殺我滅口？那他豈不自己暴露身分？」
「到底誰是兇手？」牛肉湯又追問。

「最後兇手是很多人。」
這句話是從門口傳過來的。
「爲什麼？」小叫化對著進來的趙瞎子說。
「爲什麼？兇手愈多，我的棺材生意不就愈好嗎？哈哈哈哈……」
西門吹雪冷峻的表情，忽然顯出了一抹很不易察覺的冷笑，他開口說話，而且說的字算是很多。他說：「兇手是很多。」
這樣的一句話，誰聽了當然都會大吃一驚的。
因此，連牛肉湯在內，每個人都愣在當場，所有的目光都射向西門吹雪。
牛肉湯忍不住問道：「是什麼人？」
「他。」西門吹雪指著沙大戶。

「他。」西門吹雪指著老闆，再指著老闆娘、趙瞎子、小叫化，連說了四個「他」。

「還有。」西門吹雪忽然又冒出了這兩個字。

「還有？」牛肉湯瞪大了眼珠。

「她。」西門吹雪指著宮素素。

笑聲忽然瀰漫了整個廳堂。

發笑的人當然不是西門吹雪和牛肉湯，而是西門吹雪指的所有兇手。

他們笑得很得意。這令牛肉湯大爲詫異，因爲她知道，憑這些人，西門吹雪一定可以收拾得了，他們爲什麼還在笑？難道是因爲他們都不是兇手才笑？

這個問題馬上就有答案。

因爲宮素素忽然收住笑容，說：「西門吹雪，你猜對了。黃石鎮上的每一個人，都是殺死陸小鳳的兇手。」

「只可惜，」老闆娘說：「你知道得太遲了。」

「不，一點也不遲。」趙瞎子說。

「爲什麼不遲？」小叫化子說。

「因爲剛好來得及睡我的棺材。」

他們臉上的表情又變得很愉快的樣子。

而一向臉上表情不變的西門吹雪，臉色突然也變了。

不但變，額頭上還冒著冷汗。

牛肉湯看到西門吹雪的表情，臉上更是神色大變，張大了嘴巴，一句話也說不出來。

宮素素看著牛肉湯，得意之極的說：「你想問，酒裡是不是有毒，對不對？」

牛肉湯的眼瞪得更大了。

「我告訴你，酒裡有毒。」

宮素素笑得更得意了。

小叫化走到牛肉湯面前，伸手擰了她面頰上的肉一把，嘻嘻的笑道：「你現在是不是愈來愈看不清楚面前的東西？」

小叫化輕輕的在牛肉湯臉上拍了兩下，道：「你還得意得了嗎？你還有沒有西門大俠的什麼話，要告訴我們？」

牛肉湯掙扎著，踉蹌的走向西門吹雪，只走了兩步，她就倒下，她的手指，剛好碰到了西門吹雪的鞋子。

那麼軟弱無力的一隻手那麼軟弱無力的一碰，卻彷彿四兩撥千斤一般，把西門吹雪也碰倒。

得意的笑聲，又再度瀰漫了整個廳堂。

三

在繁華的街道上，一間生意旺盛的酒店裡，誰會特別注意一對老年人？

雖然沒有人注意，雖然小老頭和小老太婆坐的又是一處角落，但他們談話的聲音，卻非常細小。

小老頭的眉頭皺起，看著小老太婆，說道：「你現在就去黃石鎮？」

「現在不去，什麼時候才去？」

「當然等一切情況都明了的時候才去。」

「我怕太遲了。」

「怎麼會太遲？」

「到時案子破了，我的小朋友卻也許被害了。」

「西門吹雪會被害？」

「就是他。」

「他會被害？你說些新鮮一點的笑話可以吧？」

「你覺得這很好笑嗎？」

「你不覺得好笑？」

「一點也不。你別忘了，柳如鋼死在黃石鎮，陸小鳳也死在黃石鎮。」

小老頭的眉皺得更深了，他忽然站了起來。

小老太婆一把拉住他，說：「你想幹什麼？」

「幹什麼？去黃石鎮呀。」

十九　小老太婆的神秘笑容

一

南北一十三省的鏢局，假如中原鏢局的總鏢頭百里長青站出來說，他的鏢局只是家小鏢局而已，那就表示，放眼天下，再也找不出一家鏢局可以用大字冠在上面了。

南北一十三省哪家鏢局敢稱第一？沒有，因為連中原鏢局的總鏢頭百里長青也只是說，中原鏢局號稱第二而已。

中原鏢局在十三省內有幾家分局？這連百里長青自己也數不清。

太多的分局，太響亮的字號了。這使得百里長青根本就可以終日養鳥蒔花，大享清福。

事實上，百里長青已經有十七年沒有押過鏢了。再大的鏢，也只是交由副總鏢頭金鵬去押上一押。

十七年來，大小事件，百里長青都交由金鵬替他處理。金鵬成了他的左右手，而且從未出過錯。

所以，當金鵬對他報告說一切都打點好以後，他應該點頭捋鬚，愉快放心的一笑才對。

但這一次，他卻沒有笑。

不但沒有笑，而且還神色凝重的問：「一路都調查好了嗎？」

「絕對安全。」金鵬說：「為了這趟鏢，我們已經準備了將近一年的時間，一路上，都已經做好一切安全措施，總鏢頭大可放心。」

「這十多年來，多虧了你，你也從來沒有出過差錯，我是很放心的，只是這一趟鏢，關係實在太大了。」

「我知道，三千五百萬兩黃金，可以做多少事的錢？可以用八十代都用不完。」

「是呀，所以這趟鏢絕對不能有任何一丁點兒錯失，別說你我，恐怕整個鏢局的事業，都會毀於一旦。而且，這也是滿門抄斬的事。」

「我知道，所以京師裡還特別派了柳乘風柳大俠，七個多月前就開始按我們定的路線去安排了。」

「柳乘風那邊有沒有什麼消息傳回來沒有？」

「每隔十五天都傳回來一次消息。」金鵬說：「都只有兩個字。」

「哪兩個字？」

「安全。」

既然一路安全，就是該上路的時候了。

這一趟鏢，由中原鏢局總鏢頭百里長青親自出馬押陣。

二

牛肉湯實在焦急得很，她這一生從來也沒有像現在這麼焦急過。

她寧可人家來把她一刀殺了，都比關在這大牢裡，等待行刑好受。

因爲等待只會帶來焦慮，而焦慮是令人難過不堪的事。

她實在是受不了了。

她拚命的打著四周的牆壁，大聲的呼叫著。

除了牢內的回聲以外，回應她的只有一雙眼睛。

一雙冷冷的眼睛。

這雙眼睛也不一定是在看她，只是對著她的動向凝視著面前的虛空而已。

西門吹雪就是這樣的人，對周遭的一切似乎都無動於衷。

牛肉湯忽然停止了呼喊拍打，站在西門吹雪門前。

她用絕望的眼神，瞪視西門吹雪冷峻的面容，道：「他們會殺我們嗎？」

西門吹雪連看都沒有看她一眼，彷彿這個問題已經不值得回答了。

「他們會不會殺我們？」

牛肉湯又問了一遍，這回她還用力搖動西門吹雪的肩膀。

「不會。」

這兩個字彷彿不是西門吹雪講的，而是被牛肉湯搖出來的，從肚皮捲到口腔，從口腔的牙縫裡搖到外面去。

這樣一句了無生氣的回話，卻帶給了牛肉湯無窮希望。

她的眼睛忽然消失了那絕望的神情，升起了明亮的光采。她說：「真的？他們真的不會殺我們？」

西門吹雪沒有搖頭，也沒有點頭。

牛肉湯卻高興得差點手舞足蹈起來，她又說：「我知道你的意思了，你是說，他們既然在酒裡下迷藥，不是下毒藥，這表示他們並不想殺我們，對不對？」

「不對不對不對。」牛肉湯自己接了下去，說：「假如他們不想殺我們，為什麼把我們關在這裡？」

這似乎是個值得深思的問題。

為什麼把牛肉湯和西門吹雪關起來，而不把他們一刀殺了？

他們已經一點價值也沒有了。

陸小鳳死了，他們是來報仇的，不殺他們，只有增加危險，別無好處。

這個問題，牛肉湯根本不可能知道，任憑她想破了腦袋，也不可能知道。

因為答案，是在黃石鎮那群兇手的腦裡。

西門吹雪似乎早就知道這一點，所以他乾脆把眼睛閉了起來。

「為什麼不把西門吹雪殺了？」

這是沙大戶提的問題。

看來，這個問題連沙大戶也不知道。

「對呀，為什麼不殺了西門吹雪？」

這是雜貨店老闆和棺材店老闆異口同聲接著問的問題。

這個問題似乎只有一個人知道答案。

因為發問的人的眼睛，卻看著一個人。

「不殺他的原因，」宮素素站起身，道：「是為了他的劍譜。」

「劍譜？」沙大戶道：「我們還要他的劍譜做什麼？」

「你不想學得他舉世無雙的劍法？」

「本來想的，現在卻不想了。」

「為什麼？」

「因為我們快變成大富豪，還學劍法幹什麼？」

「有了錢，你就什麼武功也不再練了嗎？」宮素素問。

「你說得不錯。你知道我們每人可以分到多少錢嗎？」沙大戶說。

「我算不出來。」

「我也算不出來，只不過我知道，我們每人分到的錢，用到我們的第八十代孫子也吃喝不完。」

沙大戶環視眾人一周，又說：「有了這麼多錢，我們不好好吃喝玩樂一番，還練什麼劍？」

棺材店老闆那張原本像個死人的臉上，忽然也有了血色，簡直像換了個人，由死人變成皇帝似的，他用極高興的口吻說：「對呀，有了錢，咱們只管花天酒地去，還管他什麼劍法？」

「而且，」沙大戶又說：「留著西門吹雪在，我們就多一分威脅。」

「你們放心，那座大牢，連鬼都逃不出來，何況區區一個西門吹雪？」宮素素看著大家，說：「你們都一心只要錢，那劍譜，就留給我自己好了。西門吹雪的事，也讓我來處理好了。」

「可是……」沙大戶欲言又止。

「你怕他會飛出我的大牢？你放心，包在我身上。」

「為什麼包在你身上？這件事是包在我們大夥身上的。」

小叫化三步併作兩步跑了進來，一進來，就說了這句話。

「你知道我們在談什麼事嗎？」老闆娘說。

「你又知道我說的是什麼事嗎？」

「什麼事？」

「我們說好的事呀！」

「他們來了？」

小叫化點頭，說：「他們來了。」

他們？他們是誰？

三

小老頭似乎對黃石鎮附近的路很熟似的，他故意七拐八拐的，來到黃石鎮的外頭，剛好是夕陽將下時。

「你看，我說得不錯吧？」小老頭看著夕陽說：「我說過到黃石鎮時剛好是黃昏，沒騙你吧？」

「這一點你沒騙我，可是你騙了我別的。」小老太婆說。

「別的？我騙了你別的什麼？」

「你騙了我走了半天冤枉路。」

「那我可沒騙你。」小老頭說：「我只跟你說過，走到黃石鎮，起碼是太陽快下山的時候，你說應該是日正中天的時候，我說你不對，你就說我們走走看，於是我們就走來了對不對？」

「對。」

「那你看，那太陽是不是快下山？」

「是。」

「那表示我說的話對，我沒有騙你，更沒有騙你走冤枉路。」

「好吧，就算沒騙吧。可是你說的話卻說錯了。」

「錯了？錯在那裡？」

「錯在這個夕陽。」小老太婆指著只剩一半邊的太陽說：「你說到黃石鎭是太陽快下山時，錯了。我說是太陽已下山時才對。」

「不對不對不對，我們現在走進黃石鎭，不就剛好嗎？」

「不對不對不對，我們現在不進黃石鎭。」

「爲什麼不進去？」

「因爲我們要找西門吹雪。」

「找西門吹雪不是要進去嗎？」

「不要。」小老太婆一指鎭外那個白帳篷，說：「你看，那不是西門吹雪的行館？」

帳篷裡當然一個人也沒有。

不過，這好像並不怎樣令小老頭和小老太婆驚訝。

令他們驚訝的，是他們在帳篷裡，忽然聽到了馬蹄聲。

馬蹄聲也不是最令人驚訝的，最令他們詫異的，是馬蹄聲後那一長串沉重的車輪磨地聲。

「那是什麼？是保鏢的嗎？」小老頭問。

「你知道最好的答案是什麼呢？」小老太婆說。

「是什麼？」

「是去看一看。」

話還沒說完，小老頭和小老太婆的人，就已經不在帳篷裡了。

四

中原鏢局的旗幟，迎著向晚的風，吹得颯颯價響。

百里長青端騎在馬上，雙目炯炯有神。

「金鵬，前面就是你說的黃石鎮？」

「是的。」

「絕對安全嗎？」

「我們的人三個月來查過一次，全鎮的人都是土生土長的，除了一個沙大戶。」

「沙大戶？」

「沙大戶是個外地的流放貴族，忽然在黃石鎮外的山上挖到了黃金，便在這裡定居。因爲他有錢，所以偶然會收留一些亡命之徒。」

「亡命之徒？」

「不過這些亡命之徒的武功，我們只要用一根手指，就可以打倒他們。」

「那我們今天晚上，似乎可以安安穩穩的睡一覺了。」

「我也這麼想。」

「你怎麼想？」小老頭問。

「我想，他們如果是睡得安穩的話，那就只有一種情況。」小老太婆說。

「什麼情況？」

「死人是睡得最安穩的。」

「他們爲什麼會死？」

「帶著這麼多錢銀，來到這個表面上平靜，暗地裡卻波濤洶湧的黃石鎭，不是找死嗎？」

「你怎麼知道他們帶的是錢銀？」

「你沒看到地上的輪痕？你看看有多深？恐怕他們保的是黃金。」

「我看不是。」

「哦？」

「如果保黃金，怎麼只帶這麼幾個人？」

「那你以爲他們保的是什麼？」

「石頭。」

「石頭？」

「對，石頭。」

「你怎麼知道？」

「判斷。我看他們的車裡裝的絕對是石頭，只有裝了石頭，他們才這麼大膽，幾個人就進入黃石鎭。」

「你知道這幾個人是誰嗎？」

「誰？」

「他們的總鏢頭百里長青、副總鏢頭金鵬、峨眉女俠司徒鳳、司徒凰、司徒鶯、司徒燕、青城劍玄道子。」

「真的？」

「我會看走眼嗎？」

「那他們載的是黃金囉？」

「我不知道。」

「我知道了，最好的方法，就是去看看。」

沙大戶的屋子早就燈火通明。

對沙大戶來說，這一天是他一生中最大的日子。

能夠招待南北一十三省最大鏢局的總鏢頭，這可是盼也盼不到的事。

因此，除了吩咐廚師好好準備拿手菜之外，他自己，也早已站到大門口去恭迎百里長青的大駕了。

不單是他，黃石鎮上所有的人全都在他的門口恭候著。

每個人的臉上都露出了極得意的笑容。

因爲，這就是小叫化口中的：「他們來了。」

他們，當然就是中原鏢局的人了。

其實，更真實更深一層的說，小叫化口中的他們，應該指的是馬車裡的鏢銀。

——那可以用八十代也用不完的黃金。

「他們進去沙大戶家了。」小老頭說。

「唔，鼈已入甕了。」

「怎麼辦？」

「怎麼辦？看好戲呀。」

「這時候還看好戲？」

「不然，你想怎麼辦？」

「救人去呀。」

「救人？救誰？」

「他們呀。」

「他們？他們現在還不會有危險，還沒吃飽，還沒喝醉，怎麼會有危險？」

「那……」小老頭不知怎麼辦了。

「我們去救人。」小老太婆說。

「你不說他們還沒危險嗎？」

「我不是說他們，是說別人。」

「別人？別人是誰？」

「他不是誰，他是西門吹雪。」

「他？你知道他在哪裡嗎？」

「我當然知道，不然，怎麼提議去救他？」

「你爲什麼認爲他需要人去救？」

「因爲他不在帳篷，而且，我看沙大戶他們都開心得很，假如西門吹雪在外面，他們會那麼開心嗎？」

「你爲什麼要救西門吹雪？」

「我不跟你說過，他是我的小朋友嗎？」

「小朋友就要救？」

「因爲這個小朋友現在可以幫我們做很多事。比如說看看車裡的是石頭，還是黃金？」

「那我們爲什麼不快點去？」

小老頭話還沒說完，人就跑了開去。

但是他沒有跑開，因爲他的後衣領被小老太婆一手捉住。

「你幹什麼？」

「這句話應該我問你才對。你幹什麼？」

「救人呀！」

「救人？救人是往那邊。」

夜，沒有月亮的夜。

平常很陰森的牢房，在這樣的夜色下，更顯得陰森極了。

看到這麼陰森的牢房，小老頭子禁不住皺起了兩條眉毛！他一皺起雙眉，小老太婆也禁不住皺起了眉頭。

「你爲什麼也皺眉？」小老頭問。

「因爲你皺眉呀。」

「我皺眉跟你皺眉有關聯嗎？」

「當然有。」

「是什麼關係？」

「因爲你皺眉的樣子，很像一個人。」

「是一個你一想到就皺眉的人？」

「是的。」

「誰？」

「陸小鳳。」

「真的，我會像陸小鳳？」

「是的，只不過是個灰眉灰髮，也就是說，灰頭土臉的陸小鳳。」

小老頭笑了，他覺得很得意：「只要像陸小鳳，管他什麼頭髮眉毛！」

他忽然嘆了一口氣，說：「唉！只可惜……」

「只可惜陸小鳳已經死了？」

「這是其一。」

「其二呢？」

「只可惜現在我們有正事要辦，不然，我倒要請你好好吃喝一頓。」

「為什麼？」

「因為從來也沒有人說過我像陸小鳳。」

「像陸小鳳有什麼好？還有人叫陸小鳳做陸小雞呢。」小老太婆說：「而且，陸小鳳已經死了，說你像個死人，又有什麼好的？」

小老頭不說話了，他只是默默的走向牢門。

但他的腳步卻被小老太婆一把攔住。

「你幹什麼？」小老頭問。

「你想幹什麼？」小老太婆反問。

「我們不是要去救人嗎？陸小鳳死了，總不能再多一個西門吹雪是死人吧？」

「我忽然覺得有一件事比救西門吹雪還重要。等做完了這件事，再來救也不遲。」

「什麼事？」

小老太婆沒有回答，只是作了一個神秘的笑容。

廿　微笑的劍神

一

深夜，沒有月亮的深夜。

假如從夜色初臨開始飲宴，深夜，就是飲宴結束的時候了。

因此，在沙大戶大廳的飲宴，正是結束的時候。

沙大戶的飲宴，當然是招待中原鏢局的貴賓了。

而沙大戶的飲宴結束，要離席的，當然是中原鏢局的一行保鏢人馬了。

當各位保鏢的人站了起來時，沙大戶卻忽然又舉起了酒杯，說道：「有一件事，我感覺很抱歉。」

「沙兄盛情招待，我們感激已經來不及，沙兄又何來歉意？」百里長青抱拳說道。

「酒菜淡薄，總鏢頭賞光，已經是很給面子了。所以，這件事我一定要自己罰酒一杯，以示歉意的。」

「是什麼事？」百里長青說。

「是寒舍太小了。」

「太小？太小也跟沙兄道歉有關？」

「當然有關。」沙大戶一乾杯中酒，說道：「因爲太小了，所以只能招待貴鏢局的三個人而已。」

百里長青還沒來得及說話，雜貨店的老闆就搶先說出來：「沒關係，我那邊可以招待二個。」

宮素素也搶著道：「這兩姊妹，就住我那兒好了。」

棺材店的老闆，也搶著道：「各位如果膽子大，不怕睡棺材的話，我那裡也可以住一、二個人。」

百里長青當然只有感激的份了。

於是，中原鏢局的人，就被分配開了。

其實，應該說是中原鏢局的力量，就被分散了。

雖然是沒有月亮的深夜，沙大戶門前的鏢車，還是可以依稀辨別出位置來。

不但鏢車依稀可見，連守衛著鏢車的人，也約略可以看出。

其中一個守衛，忽然凝視著不遠處的花叢。

他看到一條人影一閃而逝。

他沒有哼聲，因爲他以爲自己眼花了。喝多了酒的人，通常都會眼花的。

不過，就算他想哼聲，他也哼不出來。

因爲一枚細小的金針，早已從人影消失的花叢飛了出來。

這枚金針，當然是飛向這名守衛的咽喉了。

所以他除了瞪大了眼睛，右手掙扎著想拔刀之外，他連叫一聲都叫不出來。

跟著，一把刀的刀鋒已經割開了另一個守衛的喉頭。

而另一條繩索，也在同時套牢了第三個守衛的脖子。

而夜，依舊是寂靜無聲。

雖然是深夜，宮素素的住所卻明亮一如白晝。

在深夜中，屋裡的燈火，通常都會給旅人無限的溫暖與親切。

起碼，中原鏢局的兩位女鏢師，就有這種感受。

因此她們一踏入宮素素的正廳，就感到很舒服。舒服的人，通常都想表達一下她們的感受的。

宮素素只是微笑著，靜聽她們對主人和主人住所的讚美。然後，她才說話：「難得遇到二位姑娘，我們再小飲一番如何？」

人在舒適溫暖的環境裡，會拒絕這種邀請嗎？

當然不會。

所以宮素素就用力的拍了二下手掌。

於是，小菜淡酒，一下子就擺在桌上。

端菜端酒的，是個老嫗。

假如細心的觀察，就會發現這個老嫗的步履非常矯健，一點也不像老人。

而假如能撩起老嫗的裙腳，就會發現老嫗的雙腿，光滑嬌嫩一如少女。

這些，當然是兩個女鏢師注意不到的。

她們不但沒有注意這些，而且連一點戒心也沒有，宮素素一敬酒，她們舉杯就乾。

老嫗的反應很快，馬上又替她們斟上第二杯。

第三杯。

第四杯的時候，老嫗忽然舉起右手的酒壺，猛然砸向她右邊的女鏢師。

這個女鏢師臉色大變，想舉起右手去阻擋。只可惜，她忽然發現，她的右手竟然舉不起來。

她的臉色實在太難看了。

她不知道，坐在她身旁的同伴，臉色比她的還難看。因爲她的頭，已經被老嫗的酒壺擊出了血花。

而她的同伴，想舉手幫她阻敵，卻連一絲力氣也沒有。

她忽然發現自己的四肢全都麻木了。唯一正常的，只有聽覺。

她聽見了宮素素陰冷而得意的笑聲。

宮素素住所的燈火，忽然全都熄滅。夜，似乎更陰森了。

陰森的不只是夜色，還有棺材，還有趙瞎子的笑聲。

「你們敢睡嗎？」趙瞎子的說話聲也顯得很陰森。

「當然敢，我們走江湖走慣了，連墳墓邊也都睡過，怕什麼棺材？對不對？」鏢師撞了撞他的同伴說。

他的同伴馬上接嘴：「當然對，何況這棺材還是新的。」

「就是新的，我才問二位敢不敢睡。」

「爲什麼？」

「因爲新棺材，通常都是用來裝剛死的人的。」

「你別開玩笑。」

「你以爲我在開玩笑？」

「難道你不是？」

「他不是。」

最後一句話，是從一副棺材裡忽然冒出來的。

兩個鏢師禁不住嚇了一跳。

就在他們被嚇一跳的時候，棺材裡便飛出來一個人。

而趙瞎子的雙手，也變成爪形，抓向他面前的鏢師。

「砰砰」兩聲，兩個鏢師的生命便結束了。

裡。

趙瞎子伸手一邊扶著一個，用力一推，鏢師的兩具屍體，不偏不歪的，落在兩副新棺材裡。

趙瞎子的臉上，露出了笑容，他對著從棺材裡飛出來的人說：「小叫化，不賴，不賴吧？」

「當然不賴，這種角色，也配出來保鏢？」

「你以爲他們配作什麼？」

「就是這個，」小叫化伸手一指，說：「只配睡在棺材裡。」

趙瞎子說：「你說得一點也不錯。我看不止是這兩個，所有的人都只配睡我的棺材。小叫化，還有幾副棺材是空的？」

「好像不多了。」

「當然不多，只剩六個而已。」

「六個？有這麼多？」

「雜貨店裡有兩個，老沙那裡有兩個……」

「老沙那裡爲什麼只有兩個？不是三個嗎？」

「三個？難道你想把我們的老大也殺了？」

「我怎麼敢。」小叫化說：「這只有四個，還有兩個是什麼人？」

「你忘了大牢裡的牛肉湯和西門吹雪？」

「我怎麼會忘？誰能忘得了西門吹雪？」

二

是的，誰能忘得了西門吹雪？

起碼小老頭就忘不了。

一做完小老太婆那件事之後，小老頭就忙不迭的催促著小老太婆，說：「該去救西門吹雪了吧？」

「當然。現在去救，正是時候！」

「為什麼現在正是時候？」

「因為黃石鎮上的人，現在正在用盡方法對付中原鏢局的人，一定不會派人看守他們的牢房。」

「中原鏢局的人會被他們殺死嗎？」

「大概吧。」

「那你為什麼不想辦法救他們？」

「你有辦法救他們嗎？」

小老頭沒說話，因為他回答不出來。以他們兩個人的力量，救得了他們嗎？

而且，這件事也不能點明真相，因為他們還查不出誰是主謀。

查不出主謀，誰會相信一個小老頭和一個小老太婆的話？誰會相信黃石鎮上那麼老實的人會謀害中原鏢局的人？

連陸小鳳都不相信，所以陸小鳳才被殺。

「你以為誰是主謀？」小老頭問。

「照目前情況來看，只有兩個人嫌疑最大。」

「誰？」

「百里長青和金鵬。」

「他們倆？為什麼呢？一個是中原鏢局的總鏢頭，一個是副總鏢頭，怎麼會劫自己的鏢？」

「為什麼不會？你知道這趟鏢有多少嗎？」

「多少？」

「三千五百萬兩黃金。」

「那是多少？」

「那是用到你第八十代兒孫也花不完的錢！」

「這麼多？是誰要保這麼多錢？」

「據我所知，是當今朝廷的備戰金。」

「為什麼要運走呢？」

「因為傳說南方有叛變，所以把黃金運下去，作為戰事之用。」

「為什麼不直接用軍隊運送？」

「怕引起矚目，因為南方的叛變，是否會叛亂還不知道，萬一運黃金的事風聲走漏，馬上生變，就準備不及了。」

「所以就托中原鏢局押運？」

「不錯。」小老太婆說。

「可是看來，黃石鎮這批人，陰謀了大概有半年吧，他們怎麼知道那麼早？」

「所以我才懷疑是百里長青和金鵬其中之一是主謀。」

「唔，」小老頭道：「他們是最先知道要托運黃金的人，可是，他們自己的錢已經用不完了，怎麼還要劫鏢呢？」

小老太婆笑了。她說：「你現在有錢嗎？」

「有。」

「可以用多久？」

「可以用到我死也用不完。」

「那假如再有一百萬黃金放在你面前，你還要嗎？」

「我不要，」小老頭說：「才怪。」

「所以呀，誰不想擁有更多的財富？」

「有一個人！」

「誰？」

「陸小鳳。」

小老太婆又笑了。她道：「死人當然不想擁有更多的財富的。」

小老頭也笑了，他道：「陸小鳳真是個死人嗎？」

「難道不是？」

小老頭沒有回答。因爲他忽然伸手在唇上，做了一個「噓」的動作。

他們已經到了牢房外，所以小老頭才叫小老太婆別哼聲。

其實，就算小老頭和小老太婆的說話聲音再大，牢房裡的人也聽不到的。

因爲牢房裡根本沒有看守的人。

有的，只是關在裡面的西門吹雪和牛肉湯而已，而且讓他們聽到說話聲，又有什麼打緊？

假如有人這樣想，這個人就錯了。

因爲西門吹雪已經聽到了門外的人聲，而且用手一點，就把牢裡的油燈點熄。

跟著，他用手按著牛肉湯的嘴，附口在她耳邊輕輕說了兩個字：「別吵！」然後他的人就無聲無息的貼在牢門旁的牆壁上。

牢門緩緩往內推的。

牢門推的方向，剛好是西門吹雪靠牆的方向。

牢門推了一半，小老頭就發出了「咦」的一聲。

這表示他發現了牢裡是黑黝黝的一片，跟著，就聽到他彷彿喃喃自語的說道：「來遲了，西門吹雪不在。」

「誰說我不在?」

隨著西門吹雪的話，一股劍氣，已經刺向了小老頭。

小老頭身體猛然向後飄去。

西門吹雪的劍，快速無倫的又刺向小老太婆。

小老太婆沒有退後，卻其快無比的舉起雙掌。這雙手掌，以天衣無縫的方法，一夾就夾住了西門吹雪的劍。

「是你?」西門吹雪發出了一聲驚呼。

「不是我。」小老太婆回答了這樣一句莫名其妙的話。

「是你。」西門吹雪又說。然後，他緩緩將劍自小老太婆手上抽回，嚓的一聲，點亮了火摺子。

燈光一亮，牛肉湯就皺起了眉頭，看著小老太婆道：「原來是你。」

「姑娘還記得我?」

「當然記得，司空摘星看到你，就跟看到鬼一樣，誰忘得了你?」

「你認識她?」西門吹雪似乎話多了。

「見過她。」牛肉湯道。

「你知道她是誰嗎?」

「她是誰?」

「你居然不知道?」

「我爲什麼會知道？你以爲我是百曉生嗎？」

「你不必是百曉生，也應該知道她是誰才對。」

「哦？她到底是誰？」

西門吹雪沒說話，只是看著小老太婆。

小老太婆也沒說話，只是看著牛肉湯。

牛肉湯的臉忽然紅了起來，彷彿不是被一個老太婆看著，而是被一個多情少年盯著看的模樣。

「你是……」

「不錯。」小老太婆的聲音忽然變得年輕了：「我是。」

三

不錯，他就是陸小鳳，獨一無二的陸小鳳。

陸小鳳不是死了嗎？

「死？陸小鳳能死嗎？」小老太婆笑得很開心。

牛肉湯一看到小老太婆的笑容，看到他那一雙帶著捉狹之意的眼神，她就知道這個小老太婆果然是陸小鳳。

看到陸小鳳未死，牛肉湯應該高興才對，但她卻忽然瞪起一雙大眼，怒道：「陸小鳳爲什麼不能死？陸小鳳死了最好。」

「陸小鳳真的是死了最好嗎？」站在小老太婆旁邊的小老頭道。

「你是誰？這關你什麼事？」牛肉湯道。

「我？我不是誰，只不過沒有我，陸小鳳就真的只好死了。」

「爲什麼？」

「因爲我就是化妝術天下第一的人。」

「你？你就是司空摘星？」

「不錯。」

「那……」牛肉湯張大了嘴巴：「那在酒樓上那個司空摘星又是誰？」

「他？他就是死鬼陸小鳳。」

「陸小鳳不是他嗎？」牛肉湯指著小老太婆道。她實在被攪迷糊了。

「他是活著的陸小鳳。」

「那死鬼陸小鳳活著時是什麼人？」

「老實和尚！」

「老實和尚？」

「不錯。其實他應該叫做不老實和尚才對。」

「爲什麼？」

「因爲他應該躺在棺材裡不動的，他卻又要來找我，要我把他化妝成西門吹雪。化妝成西門吹雪他說不好玩，又化妝成我，你說他是不是不老實得很？」司空摘星道。

「我們在棺材裡看到的，是老實和尚？」

「如假包換的老實和尚。」

「棺材裡的人，明明是個死人呀。」

「他當然是個死人，要不然，怎麼能騙得了黃石鎮這群匪徒？」

「他死了，爲什麼又會活起來呢？」

「因爲他是武林中獨一無二的老實和尚。」

「老實和尚就能復活嗎？」

「當然。」

「爲什麼？」

「因爲老實和尚會龜息功。」

「啊，我懂了。」

「你真懂嗎？」

「當然，就是因爲老實和尚懂龜息功，所以陸小鳳就找你把老實和尚化裝成他，然後讓他去裝死，對不對？」

「對極了，當時你在我旁邊偷看了是不是？」

「去你的。」牛肉湯道：「不過，我有一件事不明白。」

「你不明白，我爲什麼要找老實和尚來裝死是不是？」陸小鳳道。

「是的。」

「黃石鎮本來是個很不受人注意的小鎮，我來到這裡，就發現每個人都隱藏著他們自己的武功，我就知道內中一定大有問題。」

「你怎麼知道他們隱藏著武功？」

「你別忘了，我是個小老太婆，我這雙眼，看過了江湖上多少事故？你以爲小老太婆是白活了這幾十年嗎？」

「是是是，失敬失敬，恕小女子不知老前輩還有這麼一雙厲害的眼睛。」牛肉湯忍不住咭咭的笑了起來。

陸小鳳看了看西門吹雪，又道：「所以我就去找司空摘星，要他帶著他的化裝材料跟我走。他倒是一言不發的跟著我去找老實和尚。」

「找到了老實和尚，我劈頭就對他說：『和尚，把你的衣服統統脫下來。』你們知道老實和尚一聽到我這句話，是什麼反應？」

「他一定吃驚得不得了。」牛肉湯道。

「不對。他居然一聲不響的把衣服脫得光光，然後他對我說：『色就是空，空就是色。想不到陸小鳳也看破紅塵，要穿和尚的衣服去出家。』你說氣不氣人？」

「不氣人。」牛肉湯道。

「哦？爲什麼不氣人？」

「因爲你是要找他替你去死，他消遣你幾句，有什麼好氣的？」

陸小鳳忽然定定的看著牛肉湯。

湯。」

「你看什麼？」

「我忽然發現，你怎麼變得這麼善解人意起來。所以我想看看你到底是不是真的牛肉湯。」

「你說呢？」

「難說得很，尤其是司空摘星跟你在一起過。」

這時，很少講話的西門吹雪居然開口了：「我明白了。」

「你明白什麼？」

「他們以爲你死了，防備就放鬆了，你就可以暗中調查他們的陰謀。」

「你果然明白了。」

「那他們的陰謀是什麼？」牛肉湯道。

「我現在就帶你們去看他們的陰謀。」

四

沙大戶的大廳上。

大廳的柱子上綁著一個人，一個披頭散髮，身上受了很多處傷的人。

這個人顯然是曾經經過一番搏鬥格殺之後，才被捕擒綁起來的。

這個人，就是南北一十三省號稱第一的中原鏢局總鏢頭百里長青。

大廳的氣氛很低沉。

百里長青猶在喘氣，瞪著一雙怒目。

沙大戶背負著雙手，低著頭踱方步。

宮素素、老闆娘定定的坐在椅上，動也不動。

小叫化和趙瞎子則你看我我看你，一言不發。

低沉的氣氛有壓人喘不過氣的感覺。

最先忍不住這種氣氛的，是趙瞎子，他霍地站了起來，大聲道：「金老大爲什麼要我們留下他做活口？」

沙大戶轉身看著趙瞎子，道：「金老大這樣做，一定有他的道理。」

「不錯，我有我的道理。」

金鵬從屋內走出來，他身穿一套鑲著金邊華麗至極的衣服。

金鵬的衣服明亮得炫人眼目，但臉色卻陰沉得令人不欲看上一眼。他道：「你們知道我爲什麼要留下活口嗎？」

他瞪著一雙怒目看著百里長青。百里長青也瞪著一雙怒目看他。

「我費了多少心血，安排了這個天衣無縫的計劃。」金鵬的視線從百里長青臉上落向廳堂每個人的眼睛，道：「我們殺了多少人，才讓你們頂替上黃石鎮的人，但是，現在卻功虧一簣，你們知道爲什麼嗎？」

沒有人回答，因爲沒有人知道爲什麼，他們甚至連金鵬說些什麼，也不太明瞭。

於是，金鵬只好帶著他們走出大廳，到達停放鏢車的地方。

「打開。」金鵬發號施令。

鏢車內的箱子打開了。

原本是黃澄澄耀眼生輝的金子，現在忽然間都不亮了。居然變成了一塊塊烏黑色的廢鐵。

所有人都傻住了。

「你們現在知道爲什麼了嗎？」金鵬道：「因爲黃金已經被掉包了，變成了一箱箱的廢鐵。」

他們又回到大廳。

大廳的氣氛更加低沉了，這回低沉得不但令人喘不過氣，而且還讓人的頭也不敢抬起來。

所有人都低著頭，注視著金鵬帶進來放在桌上的烏黑廢鐵。

然後，所有人的目光才望著他們的老大金鵬。

「這表示我們之中有人洩漏了這個秘密。」

「我們之中會有奸細？」沙大戶道。

「誰？」老闆娘道。

老闆娘的雙目如火般射向趙瞎子。

趙瞎子嚇了一跳，也凝望著老闆娘，然後，他忽然望向小叫化。

小叫化則望向宮素素。

宮素素望著雜貨店的老闆，老闆望著老闆娘。

他們每個人都在互望著。

氣氛更凝重了。

金鵬從椅上站了起來，道：「現在最重要的，倒不是找出誰是內奸。」

他邊說，邊走向百里長青，道：「最重要的，是查出被掉包的黃金在哪裡。」

他忽然一把抓住百里長青的頭髮，道：「你現在知道我爲什麼要留下你來做活口了吧。只要說出黃金的下落，我不但立刻放了你，也放了你的部下，也不追究誰是內奸的問題，而且還把黃金分你一份。」

百里長青抬起頭，看著金鵬，忽然張嘴向著金鵬吐了一口帶血的痰，怒聲道：「呸！」

「呸得好！」一個聲音從門口傳來。

全部人的眼睛都回轉，落在說這話人的臉上。

沒有人認得說這句話的人。

因爲她是個小老太婆。

小老太婆又說話了：「如果你認爲真的有人會相信你說的話，那真是活見鬼了。」

「你是什麼人？」金鵬怒道。

「我？我是個死人。」

「放肆！」

金鵬一個飛身，舉掌攻向小老太婆。小老太婆輕飄飄的飛身躲過，道：「你不問清楚我是誰就動手，萬一吃了虧怎麼辦？」

金鵬沒有理會這句話，運掌如風，招招都是殺著攻擊著。

小老太婆只是微笑的閃躲，連一招也沒還手。

旁邊看的人都不敢相信眼前的事。

普天之下，能連續接下金鵬三十招而不還手的人，大概只有一個人。

——陸小鳳。

陸小鳳不是死了嗎？

他們每個人的腦海中都裝著這個問題，忽然間，小叫化的念頭一轉。轉到了小老太婆進來時說的一句話。

——我是個死人。

小叫化的人忽然就顫抖了起來。

「你怎麼啦？」趙瞎子道。

「他……他……他是陸小鳳。」

趙瞎子他們都被這句話嚇了一跳。

躲閃中的小老太婆忽然一個飛身，在空中連翻了七個觔斗，道：「不錯，我就是陸小鳳。」

小老太婆的人落地，臉上的化妝已經在翻觔斗的時候除去了。

他一站在地上，就變成了道道地地的陸小鳳了。

「你沒死？」宮素素大驚道。

「我當然沒死，陸小鳳怎麼能死？死了，你們的陰謀豈不得逞了嗎？」

「那……」

「你們一定想知道死的是誰是不是？」

沒有人回答，因爲大家確是這麼想。

「我告訴你們，沒有人死。只有人假死。」

「假死？」

「假死的人是老實和尙。」陸小鳳道：「我請司空摘星替他易容，把他扮成我的模樣，然後在他的胸口上綁上一塊鐵片和一個血包……」

「你們記得那天黃昏圍攻我的事嗎？其實，你們圍攻的是老實和尙，真的我早就在一旁觀察你們。」

「我發現你，沙大戶，使的是東洋神風刀法，我就知道，你們果然是一干殺人不眨眼的江洋大盜。」

「那天黃昏，老實和尙故意左閃右騰，最後一撞，把胸膛撞上宮萍的劍上。那個血包，就濺出了鮮血，和尙就馬上運起龜息功倒地。」

「那時天色已經很暗，你們當然看不清楚，而且，你們也太相信宮萍那一劍了。」

「所以她才會死在西門吹雪的劍下。」沙大戶道。

「她的死，是死於太過自信，而你們的失敗，卻是失敗於人類的習慣性。」陸小鳳道：

「有誰，會在一個死人身上再補上一劍的？沒有，所以，和尚裝死就成功了。」

「你別得意，陸小鳳，」老闆娘道：「西門吹雪和牛肉湯現在都落在我們手上。」

「真的嗎？」門口上又傳來了一個聲音。

這聲音，當然是牛肉湯得意之極的聲音。

一向不大說話的西門吹雪，又開口說話了：「如果我不故意中計被擒，金鵬的秘密能揭穿嗎？」

沒有人回答，因為每個人的臉色，都跟土一樣難看極了。

「我有一件事還不明白。」金鵬說道。

「什麼事？」陸小鳳道。

「黃金是被你掉包的嗎？」

「是的。」

「憑你一個人，能把這麼多黃金掉包？」

「其實，我並沒有真的把黃金掉包。」

「我不懂。」

「很簡單。」

陸小鳳走到放著一塊廢鐵的桌上，拿起那塊廢鐵，他伸手掏出他的玉扇，用玉扇在鐵上刮著。

烏黑的顏色逐漸被刮去，霍然露出黃澄澄閃閃生光的黃金。

所有人又愣住了。

「這些黃金，」陸小鳳道：「只不過是塗上一層很特殊的顏色而已。」

「可是，憑你一個人，能做到嗎？」

「當然不能。」門口又傳出了說話的聲音。

這次，老實和尚已經穿了他那身和尚裝，司空摘星也穿上那一身隨時都準備去摘星的勁裝。

「沒有我老實和尚的幫忙，陸小鳳怎麼可能塗得了那麼多黃金？」

「你別把我司空摘星的功勞不提，沒有我，你們兩個人四隻手是絕對塗不了那麼多黃金的。」

沒有人說話。事實上，誰又能說什麼？奸謀已經揭穿了，還有什麼話說？

唯一能說的，就是用生命用鮮血來表示憤怒了。

因此，金鵬驀地拔出他的配劍，攻向陸小鳳。

沙大戶和趙瞎子攻向西門吹雪。

老闆娘攻向牛肉湯。

宮素素攻向司空摘星。

小叫化卻攻向綁在柱上的百里長青。

這裡面最有希望得手的，就是小叫化。

因爲百里長青是個沒有抵抗力的人。

但是，小叫化錯了。

百里長青身上的繩索，忽然像紙碎般斷裂，而他的拳，卻在小叫化以爲得手的時候，擊中了他的胸膛。

小叫化倒下了。倒下去的時候，他聽到百里長青說：「陸小鳳在閃躲金鵬的攻擊時，早就用內力把綁我的繩索弄斷了。」

一場大戰，很快就結束。

因爲，普天之下，誰能敵得過陸小鳳和西門吹雪？更何況是他們兩人聯手？更何況旁邊還有司空摘星和老實和尙？

而且，邪，終歸是勝不了正的。

清晨，有霧。

黃石鎭的這一天清晨，居然沒有風。

沒有風颸起平日漫天飛舞的黃沙。

大概是連風也知道黃石鎭的風波已經平息了吧。

太陽逐漸昇起。

一絲絲的陽光，映得地上的黃金閃閃生輝。

百里長青得意的笑著，看著鏢師搬運黃金裝箱。

其中一個鏢師抬頭問百里長青：「是誰救了我們？」

「除了他，還有誰？」

「他？他是誰？」

「他就是我。」

所有的鏢師都傻了，因爲說這句話的，是三個人。

一個是小老頭，一個是小老太婆，一個是陸小鳳。

小老頭除去化妝，原來他是司空摘星。

小老太婆原來是陸小鳳。

陸小鳳原來是老實和尙。

所有的鏢師都笑了。

牛肉湯更是笑得咭咭亂響。

其中，笑得最宏亮的人，竟然是陸小鳳。

因爲，他聽到了一個人的笑聲，這個人，是從來不笑的。

這個人，當然是西門吹雪了。

《陸小鳳傳奇系列》全書完

古龍精品集 30

陸小鳳傳奇（六）劍神一笑

作者：古龍
發行人：陳曉林
出版所：風雲時代出版股份有限公司
地址：10576台北市民生東路五段178號7樓之3
電話：(02) 2756-0949　　傳真：(02) 2765-3799
封面原圖：明人出警圖（原圖爲國立故宮博物館典藏）
封面影像處理：風雲編輯小組
執行主編：劉宇青
行銷企劃：林安莉
業務總監：張瑋鳳
出版日期：古龍80週年紀念版2019年1月
ISBN：978-986-146-417-6

風雲書網：http://www.eastbooks.com.tw
官方部落格：http://eastbooks.pixnet.net/blog
Facebook：http://www.facebook.com/h7560949
E-mail：h7560949@ms15.hinet.net
劃撥帳號：12043291
戶名：風雲時代出版股份有限公司

風雲發行所：33373桃園市龜山區公西村2鄰復興街304巷96號
電話：(03) 318-1378　　傳真：(03) 318-1378
法律顧問：永然法律事務所 李永然律師
北辰著作權事務所 蕭雄淋律師

行政院新聞局局版台業字第3595號 營利事業統一編號22759935

定價：240元

國家圖書館出版品預行編目資料

陸小鳳傳奇.六, 劍神一笑／古龍作. -- 再版.
-- 臺北市：風雲時代, 2007.11
面；　公分.
ISBN: 978-986-146-417-6（平裝）
857.9　　96019984